KB055784

다시 한번
아이돌

다시 한번 아이돌 14

2021년 12월 21일 초판 1쇄 인쇄
2021년 12월 24일 초판 1쇄 발행

지은이 틴타
발행인 김정수 강준규

기획 이기헌 왕소현 박경무 강민구
책임편집 최전경
마케팅지원 배진경 임혜솔 송지유 이영선

발행처 (주)로크미디어
출판등록 2003년 3월 24일
주소 서울시 마포구 성암로 330 DMC첨단산업센터 318호
Tel (02)3273-5135 **편집** 070-7863-8592 **Fax** (02)3273-5134
홈페이지 rokmedia.com **E-mail** rokmedia@empas.com

값 8,000원

ISBN 979-11-354-7148-3 (14권)
ISBN 979-11-354-9341-6 04810 (세트)

틴타 현대 판타지 장편소설

다시 한 번
아이돌
ONCE AGAIN IDOL

ROK
MEDIA
로크미디어

Contents

Chapter 14.
휴식기 (7)

담력 체험의 첫 번째 타자는 주한 형과 윤찬이였다.

　소속사에서 나서서 공식적으로 하는 콘텐츠가 아니고 그냥 놀다가 어쩌다 보니 하게 된 즉석 콘텐츠라 촬영 장비가 그리 많지 않았다.

　애초에 우릴 촬영할 수 있는 장비도 휴대폰뿐이라 두 사람이 담력 체험하는 모습을 우리가 지켜보고, 그런 우리의 모습을 또 카메라로 촬영해 큐앱으로 실시간 송출할 수 있는 방법이 지금 당장은 없었다.

　그래서 일단 큐앱 라이브를 진행하는 휴대폰은 담력 체험 중인 주한 형 팀이 가져가고 우린 큐앱 라이브를 시청하며 상황을 지켜보기로 했다.

그리고 우리가 상황을 지켜보는 모습을 수환 형이 또 다른 휴대폰으로 촬영했다.

아마 영상을 회사 편집 팀으로 보내 이리저리 편집한 뒤 너튜브 공식 채널에 올려 줄 생각인 모양이었다.

-여러분, 이 근처에 별건 없어요. 근데 들어 보니 이 산 자체가 영험한 기운이 맴돌고 그래서 무당들이 기도 올리러 많이 오는 곳이래요.

-진……짜요?

-그렇다던데? 아, 윤찬아, 그쪽으로 가면 안 돼. 아까 주인분한테 허락받을 때 주인분이 그쪽엔 가족 묘지가 있어서 들어가면 안 된다고 했어.

-헐……묘지……;;

-아 왜ㅠㅠㅠ이거 왜 하는거이뮤ㅠㅠ무서워 죽겠는데 애들이 하는거라 안 보지도 못하고……

-와, 지금 화면 어두운 것만해도 겁나 무서……

-뒤에 뭐 있는데?

-ㅋㅋㅋㅋㅋㅋㅋㅋㅋㅋ윤찬이 겁먹은거 존귀ㅋㅋㅋㅋㅋㅋㅋ

-주한악ㅋㅋㅋㅋㅋㅋㅋ너무 아무렇지 않게 그런거 말하지 말라곰ㅋㅋㅋㅋㅋㅋㅋㅋㅋ

-은은하게 펜션 불 보이는게 더 무섭냐……

"와, 저 형 일부러 무서운 말 골라서 하는 것 좀 봐."

"그니까. 난 저 산속에서 저런 말 절대 못 해."

고유준이 소름 끼친다며 고개를 저었다.

진성이는 일단 도망가지 않고 수환 형이 찍는 동영상 앵글 안에 모습을 보이고 있긴 하지만 담요에 완전히 얼굴을 가린 채 덜덜 떨고 있었다.

그러나 사실 라이브 방송 화면으로 보이는 모습이 워낙 어두워서 분위기 때문에 좀 무서워 보일 뿐이지 별 무서운 내용은 없었다.

–형, 어디다 둘까요?

–아, 잠시만. 지금 애들 라이브 영상으로 보고 있을 거잖아? 숨기는 건 보이면 안 되니까 잠시 윤찬이는 여기서 기다려.

–네? 아, 형 혼자 가신다고요? 알겠어요.

주한 형이나 윤찬이나 이런 걸 무서워하는 사람들이 아니다 보니 돌아다니는 내내 담력 체험이라는 말이 무색할 만큼 무덤덤한 리액션이었다.

심지어 지금 보라.

–아니 왜 혼자ㅜㅠㅠㅠ

–둘이 꼭 붙어서 같이 가…… 왜ㅜㅜㅠ

–아니 주한이도 주한인데 윤찬이도 혼자 있으면서 아무렇지 않아……?

—ㅋㅋㅋㅋㅋㅋㅋㅋㅋㅋㅋ이거 진성이가 왔으면 울고불고 난리부르 스였겠넼ㅋㅋㅋㅋㅋ

—???: 혀엉……나 두고 가지가……으엉ㅇ어유ㅠㅠㅠㅠ(눈물콧물)

—ㅋㅋㅋㅋㅋㅋㅋㅋㅋㅋㅋㅋㅋㅋㅋㅋㅋㅋ

숲속 어두컴컴한 데서 숨기겠다고 혼자 더 어두운 곳으로 간다는 주한 형이나 카메라 들고 혼자 쪼그려 앉아 그걸 별 무서움도 없이 기다리고 있는 윤찬이나.

당사자들이 안 무서워하니 당연히 보는 사람의 무서움도 반감되었다.

"으윽, 무서운 거 끝났어? 형들 나왔어? 아직 어두 워……? 와악! 아직 어둡잖어어…… 으엉……."

진성이 빼고.

"근데 완전 어둡긴 하다. 나는 좀 무서워지기 시작했는데. 와, 어쩌냐."

고유준은 진성이 수준은 아니지만 얼굴도 잘 안 보이는 애 매한 밝기의 숲속 상황을 보고 좀 겁이 난 듯했다.

차라리 아예 어두컴컴하면 그나마 눈에 뵈는 게 없어서 괜 찮을지도 모르는데 숲에 걸려 있는 전구들의 조도가 몹시 낮 아서 빛이 있는데도 오히려 무서움을 독려했다.

—여러분. 근데 그거 아세요? 여기 전구가 아까부터 계속 깜빡거려요.

여기 발전기로 켜 둔 거라 전압이 약한 모양이에요.

　거기다 윤찬이가 특유의 해맑은 미소를 지으며 저런 말이나 해 대고 있으니 채팅창과 이진성은 아주 난리가 났다.
　"으어엉!!! 들었어어…… 윤찬이 형 말 들었다고…… 저거 깜빡거리는 거 저거…… 포, 폴, 포 뭐냐 그…… 아무튼 그 현상 아니야?"
　"폴터가이스트 현상?"
　"아악! 말하지 마!"
　"아니 뭐 어쩌라고."
　"와, 나 무서워서 잠깐만 뽀로로 보고 옴."
　"갑자기?"
　고유준이 라이브 방송이 켜진 휴대폰을 나에게 넘겨주고 자신의 휴대폰과 진성이를 챙겨 부엌으로 들어갔다.
　부엌에서 작게 뽀로로 오프닝 송이 들려왔다.
　"노는 게 제일 좋아……."
　나도 모르게 오프닝 송을 흥얼거리며 계속 화면을 보고 있자 '보물' 종이를 숨긴 주한 형이 내려오며 윤찬이를 일으켰다.

　-많이 기다렸어?
　-아뇨. 근데 형 어떻게 해요? 제가 잠깐 고리분들이랑 대화를 나눴는데 시청자 수가 좀 떨어졌어요……. 토크가 재미없었나 봐요.

—아유, 아니야. 잠깐 나갔다가 돌아오실 거야. 그렇죠, 여러분?

시청자 수가 줄어든 건 아마 아무렇지 않게 무서운 말 하는 윤찬이를 보며 버티다 버티다 잠시 숨 돌리러 간 고리들일 거다.

지금 저쪽에서 뽀로로 보는 쟤네들처럼.

그로부터 약 5분 후 고유준과 이진성이 돌아오고 조금 더 지나자 주한 형과 윤찬이가 돌아왔다.

휴대폰은 다시 삼각대에 세팅되었다. 주한 형과 윤찬이에게서 묘한 흙냄새가 났다.

"어땠습니까. 실제로 가면 많이 무서움?"

고유준의 말에 주한 형과 윤찬이가 동시에 고개를 저었다.

"아니 전등도 있고, 딱히 무섭지는 않던데?"

"근데 산속이라 좀 서늘하긴 하더라고요."

"두 사람 올라갔을 때 고유준이랑 진성이 무섭다고 뽀로로 보고 있었잖아."

"뽀로로 재밌더라."

고유준은 본인이 말하곤 주한 형을 붙잡으며 깔깔 웃어 댔다. 솔직히 딱히 안 웃겼는데 그냥 두려움을 떨쳐 내기 위해서 저러는 것 같았다.

어느 정도 대화를 나누고 나니 잠시 사라졌던 고리들이 다시 들어와 시청자 수도 원래대로 돌아왔다.

"자, 이제 다음 차례. 유준이랑 현우랑 다녀와."

"너무 꽁꽁 숨겨 두면 안 될 것 같아서 잘 보이도록 해 뒀어."

"어어. 가자, 고유준."

삼각대에 고정된 휴대폰을 들고 고유준에게 가자고 손짓
했다.

"히야…… 와, 벌써 간다고."

고유준은 좀 겁을 먹은 채 가기를 주저했지만 너무 시간
끌지 않고 나를 따라나섰다.

"형! 조심해!"

현관을 나서는 우리를 보며 진성이가 소리쳤다.

"여러분이 즐거우시면 저는 그것으로 됐습니다. 이런 공
포 따위 참을 수 있어요."

고유준이 촬영 중인 휴대폰을 가져가며 애써 웃어 보였다.

난 주변을 두리번거리다 산으로 올라가는 길을 가리켰다.

"전구 붙어 있는 산길, 저기네."

"와, 실제로 보니까 더 어두운데?"

"그러게. 저길 어떻게 올라갔대."

적막감과 어둡고 습한 분위기. 무섭고 안 무섭고를 떠나서
일단 들어가기 싫은 분위기를 풍기는 길이었다.

"여러분, 화면으로 봤을 때랑 보이는 게 완전 달라요. 약
간 이 무서움을 뭐라고 표현해야 할지 모르겠는데."

"약간 그거 같지 않아? 유원지 같은 데 놀러 가서 구석으로

들어가면 여기까지는 안 꾸며 놨다 하는 순식간에 조용해지는 그런 부분 있거든. 약간 그런 곳에 들어온 것 같은 적막감이야."

고유준이 드는 예가 상당히 구체적이지만 그럴듯했다. 전등의 조도가 낮고 엄청 깜빡거려서 그런가 폐장한 로컬 놀이공원 분위기였다.

"포기할까? 하하하핫!"

"시끄러. 가자."

제대로 겁먹은 고유준의 손목을 붙들고 산길로 향했다. 일단 주한 형과 윤찬이가 '보물' 종이를 숨겨 둔 이상 우리의 계획이 제대로 마무리되려면 꼭 그걸 찾아내야만 했다.

그리고 막상 산길로 들어서니 들어가기 전부터 거부감이 느껴지던 건 사라졌다.

"우린 영상으로 길도 봤으니까 금방 찾을 수 있을 거예요. 여러분, 무서워하지 마세요."

"으음."

필사적으로 무서워하지 않을 이유를 만들어 고리들과 소통하는 고유준을 보며 난 잠시 고민에 빠졌다.

이거 납량 특집이랑 비슷한 건데 너무 안 무서운 쪽으로 가면 싱거운 거 아닌가? 난 주한 형이 은근슬쩍 무서운 분위기로 유도하던 것을 떠올렸다.

예로부터 주한 형의 선택과 의도가 부정적인 방향으로 가는 걸 본 적이 없다.

윤찬이는 자기가 무서운 이야기를 해서 시청자 수가 줄었지만 시청자 수가 줄어도 무서운 콘텐츠를 할 땐 무서울 만한 것이 하나둘 정도는 확실히 있는 게 정답이라고 주한 형은 생각한 것이다.

지금 우리를 라이브 방송으로 보면서 탐탁치 못하게 생각할 주한 형이 눈에 보이는 듯했다.

난 떠들어 대는 고유준을 바라보다 한마디 툭 내던졌다.

"근데 귀신들은 이런 이야기 하는 거 좋아한다던데."

"······야."

"무서운 이야기 하면 자기 이야기인 줄 알고 온다더라."

"아, 너 때매 고리들이 방송에서 나가잖아!"

"어우, 이런. 죄송합니다. 돌아오세요."

우린 간간이 공포를 느낄 만한 대화도 해 가며 천천히 산을 올라갔다. 그러자 아까 전 윤찬이가 앉아 고리들과 대화하던 장소가 나왔고 그 뒤로 컨테이너 창고가 보였다.

"무슨 이런 데에 창고가 다 있대."

"아마 땔감 패는 도구나 연장 두는 곳일걸. 우리 삼촌댁에 있어서 알아."

난 창고에 대해 설명해 주고 고유준에게 손을 내밀었다.

"너 무서우면 굳이 안 들어가도 돼. 카메라 주면 나 혼자 다녀올게."

그러자 고유준이 기겁하며 고개를 저었다.

"안 돼. 같이 가. 혼자 가는 건 위험하지. 빛 비춰 줄게. 네가 찾아."

진짜 내가 걱정되는 건지 혼자 남기 무서운 건지는 모르겠지만 어쨌든 고유준이 나에게 달라붙었다.

"그럼 문 연다. 문 열게요, 고리 여러분."

"넵."

고유준이 고리 대신 대답했다. 난 망설임 없이 창고 문고리를 돌렸다.

끼이이익-.

듣기 싫은 소리와 함께 창고 문이 열리고 문 쪽 벽을 손으로 더듬자 스위치가 만져져 불을 켰다.

"창고라 불 있네. 이제 덜 무섭다. 찾자."

"아뇨. 저기요. 허허. 그래도 무섭죠. 그죠, 여러분~."

너스레를 떠는 고유준을 뒤로하고 종이를 찾으려 걸음을 옮기는 순간이었다.

띵띠띵! 띠링! 틱! 띵!팅!

"……어?"

환하게 켜져 있던 창고 불이 미친 듯이 깜빡이기 시작했다.

이게 무슨 상황이지? 당황하며 뒤를 돌아보자 방금 전까지 곁에 있던 고유준은 온데간데없이 사라져 있었다.

"야, 고유준."

창고뿐만 아니라 열린 문틈으로 보이는 나무에 걸린 전구

마저 금방이라도 나갈 것처럼 깜빡이고 흔들렸다.

콰앙!

"아!"

창고 문이 큰 소리를 내며 닫혔다.

"……."

이게 무슨……. 누군가의 장난은 아닐 것이다. 고유준은 이런 장난을 칠 녀석이 아니다.

그럼 이건 진짜 설마, 폴터가이스트 현상인가…….

입술을 잘근거리며 다급하게 문으로 향할 때였다.

"어, 누구……."

문을 열고 들어오는 사람, 분명 할아버지였는데 불이 한번 깜빡이는 순간 또래의 남자로 변했다.

특이한 게 있다면 머리가 파스텔 분홍에서 순식간에 파랑으로 바뀌기를 반복하는 것이었다.

어찌 됐든 사람은 아니었다.

그는 히죽이며 말했다.

"132일 남았어."

"뭐?"

"기억이 돌아올 거다."

무슨 소리지, 저건? 알 수 없는 상황에 일단 저 남자에게 다가가야겠단 생각이 들었다.

그리고 한발 내딛는 순간 모든 것이 끝나 있었다.

"……야, 너 언제 거기 갔냐?"

남자는 사라졌다. 불은 깜빡이지 않았고 닫혔던 문을 열려 있었다. 사라진 고유준은 휴대폰과 함께 창고 안에서 멀쩡히 종이를 찾으며 나에게 말을 걸어왔다.

일단 침착하자. 난 애써 입가에 미소를 띄우며 고유준에게 물었다.

"혹시 방금 들어온 사람 나만…… 봤나?"

"……므어?"

그러자 고유준은 사색이 된 채 천천히 나를 돌아보더니 이내 착 달라붙으며 괴성을 지르기 시작했다.

"뭐, 뭐! 뭐 봤어? 뭐!"

"아니 방금……. 아무것도 아니다."

저 표정을 보라. 저 녀석은 아무 것도 못 본 게 분명하다. 내가 말을 하다 말자 그건 그것대로 무서웠는지 고유준은 고개를 절레절레 젓고는 서둘러 창고를 벗어나려 했다.

"미쳤다. 여러분, 서현우 귀신 본 거 같아요. 그냥 빨리 나가자. 어우."

"나가자고?"

아니 그건 안 되지. 고유준이 잡아끄는 손을 놓고 촬영 중인 휴대폰을 뺏어 왔다.

"무서우면 나가서 기다리고 계세요."

난 고유준을 펜션이 보이는 창고 밖으로 밀어 내보내고 좀 더 빠르게 보물을 찾아보았다.

"좀만 기다려. 빨리 찾을 테니까. 고리 여러분들도 같이 찾아 주세요."

설마 '보물'이라고 적힌 종이가 진짜 종이 쪼가리겠나. 그걸 찾아야만 오늘 우리가 계획한 그림이 제대로 완성될 수 있었다. 그러니 무조건 찾아서 내려가야 했다.

　

－와 진짜 이번 라이브 레전드;;

－ㅠㅠㅠㅠ그냥 나가자 현우야ㅠㅠ너무 무서워……ㅠㅠㅠ

－이거 위험한 거 아냐? 아까 윤찬이때 전구 깜빡이는 것도 좀 그랬는데

－잠만요 방금 뭐 들린 것 같은데 아닌가ㄷㄷ

－아니 현우 왜케 겁이 없어ㅠㅠㅠ그냥 가자ㅠㅜ제바류……

－엥 아까 나만 들음? 진짜로 어떤 남자 목소리 들리지 않았어요?

　

"아니 여러분, 제가 잘못 본 거예요. 귀신 없어요. 진짜로."

내 빌어먹을 말실수 때문에 고리들도 그냥 빨리 나가자고 성화인 상황.

더 이상 나 혼자 찾겠다고 밀어붙일 수 없는 지경에 이르렀을 때 떡하니 서랍장 위에 올려진 보물 종이를 발견하고 서둘러 챙겨 나왔다.

확인도 못 할 정도로 엄청나게 올라오던 채팅은 내가 창고에서 나오고서야 잠잠해졌다.

"나왔어요, 여러분. 저 나왔으니까 안심하세요. 다들 걱정 많이 하셨구나. 미안해요."

"아니, 너는 진짜 겁이 없냐? 와, 나 손에 땀 났어."

나오자마자 고유준에게 엉덩이를 걷어차이고 빠른 걸음으로 산을 내려왔다. 내려오는 동안 고리들과 소통을 이어 나갔는데 어떤 목소리를 들었다는 사람도 몇몇 존재했다.

목소리를 들었다는 사람은 전부 젊은 남자의 목소리가 스치듯 빠르게 중얼거린 것 같다고 말했는데 그게 내가 본 사람 또는 귀신의 말과 일치하는지는 알 수 없었다.

"여러분, 제가 꼭 이걸 가져와야만 하는 이유가 있었어요. 죄송해요."

"이것 봐. 너 때문에 나까지 고리들한테 혼나잖아. 여러분, 서현우만 혼내 주세요. 저는 잘못 없음."

나는 말 그대로 고리들에게 혼이 났고 펜션에 들어올 때까지 내리 사과를 해야만 했다.

라이브 상황이 심상치 않음을 느끼고 우릴 데리러 오던 수환 형과 태성 형에게도 상당한 눈치 세례를 받으며 펜션으로 들어가자 광경이 참 가관이었다.

"왔어?"

"이건 뭔 상황이야?"

저 커다란 담요 포대기는 뭐야. 나는 거실 입구에 멈춰서 멍하니 멤버들을 바라보다 휴대폰 시점을 돌려 멤버들을 비춰 주었다.

"아이고, 괜찮다. 아무것도 아니다."

"형들 왔어, 진성아. 현우 형, 유준이 형 왔어."

남산만 한 담요 포대기를 부둥켜안고 토닥이는 주한 형과 윤찬이 두 사람.

"뭐 하냐."

고유준이 헛웃음을 치며 말하자 주한 형이 인상을 푹 찌푸리고 '쉿' 하고 검지를 입에 가져다 대더니 다가오라 황급히 손짓했다.

"이리 와, 얼른. 다들 진성이 안아 줘."

"……풉. 이진성이~."

고유준이 웃음이 터지며 담요 포대기로 다가가 멤버들과 겹쳐 안았다.

아무래도 진성이가 방금 전 잠깐 난리 났던 그 일로 완전 겁을 집어먹은 모양이었다. 아니면 내가 나오라는 말을 안 들었다고 삐졌거나.

"실례합니다."

태성 매니저님이 슬쩍 내 손에 들린 촬영용 휴대폰을 가져갔고, 난 한숨을 쉬며 멤버들에게 다가가 진성이를 감쌌다.

"성아, 형들 왔다. 이제 방송해야지."

멤버 모두에게 둘러싸인 채 반쯤 꾸짖는 주한 형의 목소리를 듣고서야 진성이는 펄럭거리며 담요에서 나왔다.

"아니, 어? 뭐를 봤으면 나와야 할 거 아니야."

"아니, 저는 억울해요. 잘못 보고 잘못 들은 거였습니다. 일단 여기요."

내가 진성이에게 보물 종이를 넘겨주자 진성이는 씩씩거리면서도 종이를 낚아챘고 난 담요를 화면에서 안 보이는 곳으로 던졌다. 주한 형이 상황을 정리하고 진성이의 어깨를 툭툭 쳤다.

"올해 열여덟 이진성 어린이, 진행하세요. 이제 보물찾기가 끝이 났는데요-부터."

"······이제 보물찾기가 끝이 났는데요."

진성이는 여전히 뾰로통한 얼굴로 종이를 카메라에 보여 주었다.

"이제 이 보물이 도대체 무엇인지 공개해 보도록 할까요?"

"그냥 대충 만든 종이가 아니었다~."

"그렇습니다. 여러분, 왜 우리 현우가 이걸 힘들게 챙겨 왔는지 궁금하지 않으세요?"

"맞아요. 전 고리분들한테 꼭 보여 주고 싶은 게 있었어요."

우린 열심히 분위기를 띄우며 고리들이 종이 속 내용에 대해 궁금해하도록 유도했다.

"열게요."

진성이가 카메라 앞으로 다가가 종이를 펼쳤다.

"짠!"

크로노스 첫 단독 콘서트 개최!!!!!

"단독 콘서트 소식이다아악!!!!!!"

"와아아악!!!!!"

진성이가 종이를 높이 던져 버리며 소리치자, 갑작스러운 소식에 채팅창이 뒤집어져 빠르게 올라가다 렉까지 걸려 아예 멈춰 버렸다.

윤찬이와 주한 형이 동시에 양손을 하늘 높이 들며 일어났고 고리, 멤버들 모두가 크로노스의 첫 단독 콘서트를 축하하며 흥분을 감추지 못했다.

그 모습을 보며 덩달아 일어난 나는 흥분으로 가득한 광경을 지켜보며 오히려 방방 뛰던 다리를 멈췄다. 나도 모르게 멍하니 기뻐하는 멤버들을 지켜보았다.

과거의 모습이 겹쳐지며 묘한 감정이 솟구쳤다.

과거엔 멤버들의 첫 콘서트 소식을 들었을 때 나도 소식을 전한 멤버들도 온전히 기뻐하지 못했었다. 오히려 나는 소식을 들음에 거부감을 느꼈고 멤버들은 끝까지 미루다 차마 입에 담을 수 없는 미안함을 표했다.

분명 그때의 나와 멤버들도 이렇게 마음껏 기뻐하고 싶었을 테지.

내 콘서트, 우리 콘서트를 하고 싶었을 테지.

"아."

이런 상황에 울면 엄청 무안해질 건데. 인상을 쓰자 하염없이 눈물이 흘렀다. 상상 속에서만 볼 수 있었던 이 순간을 꼭 한번 느끼고 싶었다.

"……형, 왜 울어요? 형이 울면 저도 울어요."

물기 젖은 윤찬이의 목소리에 얼굴을 손에 묻으며 고개를 저었다. 그러자 많은 품이 겹쳐져 나를 감쌌다.

"아, 왜 또 울고 그래! 아, 진짜. 아……."

여기저기서 울음소리가 들려왔다.

"진짜 기쁘다."

기어코 주한 형의 목소리까지 젖어 가자 모두 그대로 한참이나 울기만 했다.

어느 정도 상황이 진정되고 멤버들은 눈을 새빨갛게 만든 채로 큐앱 라이브 진행을 재개했다.

주한 형은 회사에 전달받은 콘서트 일정을 고리들에게 설명해 주었고 슬슬 라이브를 마무리하려는 분위기를 냈다.

"여러분, 오늘 크로노스의 담력 체험 끝까지 함께해 주셔서 너무 감사드리고요. 저희는 지금까지처럼 휴가가 끝나기 전까지 여러분들의 기다림이 지루하지 않도록 틈틈이 사진, 동영상 업로드하겠습니다."

"여러분들도 같이해요. 저희도 고리들 뭐 하는지 궁금하니까 #크로노스봐라 해시 걸고 근황 올려 주세요."

진행을 이어 나가는 동안 멤버들이 한번씩 테이블 위 고유준의 휴대폰을 힐끔거렸다.

'끈질기다 끈질겨.'

콘서트 소식을 전한 직후부터 지금까지 계속 전화가 오고 있는 중이었다. 꺼지고 다시 오는 걸 내가 발견한 것만 해도 여섯 통 가까이 된다.

저장도 되어 있지 않은 번호이니 언제나 그렇듯 자신이 입수한 전화번호가 진짜인지 라이브 방송을 이용해 확인하려는 사생이겠거니 생각했다.

멤버 모두 라이브 전 휴대폰 알림을 무음으로 바꿔 두어서 정말 다행이었다.

'근데 번호가 상당히 익숙하다?'

뭐지? 어디서 봤지?

보통 걸려 오는 전화는 사생 번호는 보지도 않고 지워 버려서 모르는 번호에 익숙함이 있을 리가 없는데.

"네, 그럼 이제 슬슬 라이브 끝낼까요? 시간도 늦었고 여러분 내일 출근, 등교 해야 하니까 오늘은 여기까지만 할게요. 이상."

"크로노스였습니다! 감사합니다!"

"휴가 끝나고 봐요!"

라이브가 종료되자마자 멤버들의 시선은 일제히 고유준의

휴대폰으로 향했다.

"하아."

고유준은 깊은 한숨과 함께 소파에서 일어나 제 휴대폰을 들어 올렸다. 고리들은 물론이고 웬만해선 멤버들에게도 보이지 않는 짜증으로 가득한 얼굴을 한 채 무섭게 휴대폰 화면을 노려보았다.

"형, 모르는 번호면 그냥 차단해."

진성이의 말에 고유준은 표정을 누그러트리며 고개를 저었다.

"아는 번호야. 나 전화 좀 받고 올게."

고유준이 축 처진 어깨로 제 머리를 신경질적으로 흩트리며 제 방으로 향했다.

"……아."

순간 난 저 전화번호가 누구의 것인지 바로 알아차릴 수 있었다.

고등학교를 자퇴한 직후의 일이었던가. 지금과 비슷한 상황이 있었고 난 그때 고유준에게 '받지 마.'라고 말하며 휴대폰을 뺏었다.

열다섯 살, 고유준이 연습생이 된 직후부터 잊을 만하면 지겹도록 전화를 걸어오던 그 사람.

당연히 트레이너 일을 하며 잊어버렸지만 그 당시만 해도 항상 고유준과 같이 다니던 나와 한준(연습생)은 덩달아 번호를 외우고 같이 질색팔색을 했었다.

고유준의 아버지 전화번호였다.

지금 생각해도 상당히 질이 좋지 않은 사람이었는데 고유준 이 바보가 결국 정을 떼지 못하고 바뀐 번호마저 아버지한테 알려 준 모양이다.

"……대단하다, 진짜."

난 망설임 없이 고유준의 방으로 향했다.

그리고 노크도 없이 고유준의 방으로 쳐들어갔다. 고유준 은 놀란 눈으로 날 쳐다보더니 이내 시선을 피하고 전화 속 목소리에 집중했다.

사람을 그렇게 좋아해서 시종일관 잘만 웃고 장난치던 놈 이 표정 하나 없이 '네, 네.'만 반복했다.

창백한 안색과 질린 표정은 덤이다. 고유준의 저런 표정을 전에도 본 적 있었다.

"일단 다음에 연락드릴게요. 지금 나가 봐야 돼요."

나가 봐야 한다고 일부러 다급한 목소리까지 내는 아들의 말에도 고유준의 아버지는 끊을 기색도 없이 계속 전화를 이 어 갔다.

무슨 내용의 통화인지는 잘 모르지만 전화를 뚫고 나온 목 소리를 보아 욕을 하고 있는 건 틀림없었다.

이따금 들리는 단어들의 워딩이 상당히 강했다.

통화가 길어질수록 고유준은 상당히 괴로워 보였다.

내가 다가가자 고유준은 한숨을 푹 쉬고 그냥 통화 종료 버튼을 눌러 버렸다.

"뭘 끝까지 듣고 있어. 어차피 욕만 하실 텐데."

"아아, 아버지 출소하셨대."

그럼 이제부터 열심히 사기 치고 다니시겠네.

과거 트레이너 생활을 하고 있을 적 연예계가 한번 크게 뒤집힌 적이 있었다.

고유준의 아버지가 사업 투자와 관련된 거금의 사기를 치고 구속된 일이 있었다.

그 사기는 고유준의 아버지가 고유준에게서 계좌를 통해 받은 30억가량의 자본금을 피해자에게 보여 주며 친 것이라 고유준도 사기에 동조했네 마네 하는 논란이 한동안 무척 뜨거웠다.

그 당시 나는 멤버들과 연락이 뜸했으니 고유준에게 직접 듣지는 않았지만 워낙 크게 논란이 되었던 터라 자연스럽게 알게 되었다.

현재로 따지면 4년 뒤쯤.

결국 누명은 벗겨졌다. 하지만 해체에 대한 자세한 내막을 모르는 사람들은 이때의 이미지 실추가 해체에도 상당한 영향을 미쳤던 것으로 보기도 했다.

확실한 건 아버지는 아들을 이용해 먹었다는 것이다.

아들의 명예가 어떻게 되든 하나도 생각하지 않았다.

"이번엔 뭐라고 하셨냐?"

"데뷔해서 잘나가고 있던데 급한 대로 아버지 빚부터 갚으라고."

연습생 시절 도박, 사기로 감옥에 들어가기 전에도 고유준에게 자주 전화해 언성을 높이곤 했다.

대체로 술에 취해서 집 나간 어머니한테 전화해 보라거나 희망도, 재능도 없는 연습생 관두고 취업이나 하라는 등 화풀이 겸 전화가 많았다.

그리고 지금 이 순간에도 고유준의 휴대폰은 계속 울리고 있었다.

"아니, 대신 빚 갚아 주고 싶어도 돈이 있어야 하지. 우리 아직 정산도 못 받았는데. 안 그러냐?"

"없다고 솔직하게 말해야지 뭐. 어쩌겠어."

"말해도 안 믿어. 좀 무섭다. 집에서 있었던 일을 인터넷에 풀어 버린대. 진짜 그러면 어떡하냐."

고유준은 무섭다고 말하며 웃었다. 웃을 상황이 아닌데도 웃는 데 익숙해진 놈이다. 난 고유준의 등을 툭 치고 휴대폰을 뺏었다.

그리고 아예 전원을 끄고 돌려주었다.

"너 신경 쓰는 사람이 얼마나 많은데 무섭기는. 혹시 모르니까 수환 형한테 사정 이야기하고 일단 전화는 받지 마."

원래 감정적인 통화는 길어질수록 화를 가라앉히기 힘들어 홧김에 충동적인 행동을 하기도 한다.

일단 연락을 끊고 아버지 혼자 화를 삭이게 두는 편이 나을 것이다.

"괜찮냐?"

"어."

"나 나갈까?"

내 물음에 고유준이 고개를 끄덕였다.

난 방에서 나와 다시 거실로 향했다. 고유준은 혼자서 제 감정을 진정시킨 뒤 방에서 나올 것이다.

"이제 슬슬 자자."

주한 형은 내가 나오자마자 멤버들을 각자의 방에 돌려보냈다.

"유준 씨 무슨 일 있습니까?"

방으로 돌아가려는 나에게 수환 형이 물었다.

"잘 모르겠어요."

내가 고개를 젓자 수환 형이 인상을 찌푸리더니 고유준의 방으로 향했다.

라이브가 끝난 직후 상황이 꺼림칙했으니 무슨 일인지 물으러 가시는 듯한데 아마 고유준은 쉽게 제 가정사를 말하려 들지 않을 것이다.

아버지가 교도소에 수감됐다는 것 이외에도 말하기 어려운 사정이 너무나 많았다.

Chapter 15.
견뎌 내라 (1)

그로부터 한 달이 지났다.

펜션을 다녀온 이후에도 크로노스의 휴가는 끝나지 않았고 윤찬이와 나를 제외하곤 여전히 숙소나 본가에서 휴식을 취하고 있었다.

결국 고유준은 아직까지 회사와 멤버들에게 자신의 상황에 대해 이야기하지 않았다.

본인의 앞으로 나온 저작권료라도 아버지께 드린 모양인지 금방이라도 사고 칠 것처럼 협박하던 전화도 서서히 잠잠해졌다.

물론 고유준의 말에 의하면 그렇다는 이야기다.

고유준은 나에게도 그날 이후 아버지에 대한 말을 하지 않왔다. 내가 물어보면 '전화 안 오던데?' 하고 말아 버렸다.

진짜인지 아닌지는 모르겠지만 고유준이 그렇다고 하니 나는 그냥 믿을 수밖에.

애초에 가정사라 손대기도 애매한 영역이다.

그나마 다행인 점은 큰 사고가 터진 게 지금으로부터 4년 뒤라 그 전까지 고유준과 멤버들, 회사가 충분히 대화할 시간이 있다는 것이다.

지금 당장 고유준이 별문제가 없다면 말이지만.

내가 아버지 성격을 모르는 것도 아니고 숨기고 있는 부분이 분명히 있을 거라 조만간 시간 내서 대화를 나눠 볼 생각이다.

그리고 지금은 〈뉴비공대〉 촬영 중.

"아……."

여기저기서 아쉬움을 담은 탄식 소리가 들려왔다.

펜션에 다녀온 이후 몇 번의 촬영이 있었는데 영 클리어 각이 나오지 않자 지혁 형을 포함한 몇몇은 촬영 전 따로 만나 특훈도 했다고 한다.

그 덕분인지 공대원들의 실력은 수직 상승했고 덕분에 나도 분량을 챙길 여유가 생겼다.

"진짜 아쉽다. 아, 진짜."

"방금 누가 기믹 놓쳤어요? 어디 한 군데 처리 안 됐던데."

"아, 제가 놓쳤어요. 죄송합니다."

"아…… 놓쳤으면 놓쳤다고 말해 주세요. 바로 리트(재도전)

하게."

"넵, 죄송합니다."

엔드 콘텐츠도 어느 정도 진행되는 수준에 이르렀고 다들 레이드에 적응한 건 매우 좋은 현상이다.

문제는 반복 도전이 계속되면서 여느 공대가 다 그렇듯 실수와 딜 부족에 팀원들이 상당히 예민하게 굴기 시작했다는 거다.

페이즈가 많이 진행된 상황에서 실수가 나올 때 특히 감정 섞인 대화가 많이 오가는데 보통은 개그맨 성진이 배우 민재 형, 상현 형에게 불만을 토로할 때가 많았다.

'그 와중에 지혁 형은 안 건드네.'

솔직히 공대장인 내 입장에서 봤을 땐 실수가 잦은 두 사람의 잘못도 있지만 그보다 큰 문제는 팀 분위기를 흐리는 성진 형이었다.

"하, 진짜, 거의 다 온 줄 알았는데. 기믹 파훼가 안 됐으면 안 됐다고 말을 해야지 왜 안 하시는 거예요."

일절만 하면 될 걸, 이절에 삼절에 뇌절까지 해 대니 팀원들은 눈치만 보고 더불어 기분이 안 좋아지지 않는가.

"에이, 괜찮아요. 어차피 딜이 부족해서 리트할 타이밍이었어요. 성진 형 물 한잔하시고."

난 분위기를 환기시키며 고생한 보람 없이 풀체력으로 우릴 지켜보는 보스를 바라보았다.

"기믹 처리해야 할 때 제가 말씀드릴 테니까 신경 써서 처리 부탁드릴게요. 그럼 다시 시작할까요?"

아, 막막하다. 보스도, 팀 분위기도 전부.

"오늘 고생했는데 마지막으로 한 판만 하고 회식해요."

"네!"

"그래도 오늘 많이 진행됐다. 끝까지 최선을 다해서 합시다, 형님들."

최대한 목소리를 띄워 말하며 분위기를 돋구고 다시 레이드를 시작했다.

오늘 치 레이드 도전을 마치고 방송국과 가까운 고깃집에서 〈뉴비공대〉의 다음 촬영이 시작되었다.

최근 팀원 간의 분위기가 갈수록 예민해져 가고 있다는 건 팀원뿐만 아니라 지켜보고 있는 제작진도 느끼고 있었다.

그런고로 이번 촬영은 서로 마음속에 쌓인 불만과 바라는 점을 허심탄회하게 털어놓는 회식 자리였다.

"현우가 진짜 고생이 많았어, 오늘. 내가 여러 번 죽어서."

"아이, 아닙니다."

"현우, 원래는 원거리 딜러라며? 근데 힐러도 그렇게 잘해?"

"이게 하다 보니까 되더라고요."

"다음엔 현우 딜러로 내세워서 한번 해 볼까? 그럼 딜 부족도 없을 텐데."

"아이고, 형님! 그럼 힐러는 누가 합니까! 현우, 어여 한잔
해! 어? 잔 안 비웠네? 술 못 마시는구나."

개그맨 정훈 형이 술을 못하는 걸 이해할 수 없다는 듯 쯧
쯧거렸다. 그 모습을 본 지혁 형이 다가와 나와 정훈 형 사이
에 끼겨 앉았다.

"술 못할 수도 있지! 자, 그럼."

지혁 형은 내 소주잔의 술을 비우고 대신 사이다를 채워
주었다.

"기분만 내~."

"아, 네. 감사합니다."

모두 성인에 나를 제외하고는 술을 좋아하는 사람들이라
이미 다들 걸출하게 취기가 도는 분위기였다.

게임을 할 때 팀원들을 이끌어 가는 게 나였다면 게임 외
적으로 진행을 맡고 있는 사람은 온정우 형이다.

정우 형은 팀원들을 둘러보더니 슬쩍 말을 꺼냈다.

"우리 이제 촬영도 막바지에 다다랐고 레이드에 도전할 수
있는 날도 얼마 안 남았네. 다들 정말 고생이 많다."

정우 형의 말에 출연진이 씁쓸하게 술잔을 내려놓았다.

레이드 진행이 느려서 그런 것이 아니었다. 모두가 열심히
특훈한 덕에 레이드는 늘 목표대로 잘 진행되어 가고 있었고
이대로라면 2주 내로 클리어가 가능할 거라고 보고 있다.

다만 그 과정에서 팀원들의 스트레스가 극심하다는 게 문제였다.

　"아휴, 저희가 고생은 무슨요. 현우가 제일 고생하지."

　"제가 좀 더 잘했어야 하는데 이놈의 손가락이 잘 안 움직여서, 하 참."

　다들 본인을 탓하며 허심탄회한 분위기를 만들어 갔다.

　정우 형은 개그맨 성진 형을 바라보았다. 아무래도 팀 분위기를 파탄낸 당사자이니만큼 그에게 먼저 불만 토로, 또는 사과할 기회를 주려는 모양이었다.

　그러나 난 성진 형이 아닌 이미향 대표님을 바라보았다.

　"저기, 정우 형, 저."

　"어, 현우 왜?"

　내가 조심스럽게 손을 들자 정우 형이 빠르게 성진 형에게서 시선을 거두었다.

　"저 할 말이 있는데, 말해도 될까요."

　같이 레이드를 돌면서 성진 형의 성격을 파악한 바, 제일 먼저 성진 형에게 발언권을 줄 경우 첫마디부터 불만이 튀어나올 게 뻔했다.

　"현우야, 게임 살린다고 말을 못했어. 그럼 뭘 어떻게 해야 할까."

얼마 전 〈뉴비공대〉 선공개 영상 모니터링 중 조언이랍시고 했던 주한 형의 말이 생각났다.

울어라. 하지만 난 울 생각은 없고 여기서 더 이상 분위기 파탄 안 나게 감성적으로 말해 볼 생각이다.

"저는 정말 어렸을 때부터 힘들 때마다 〈원아워즈〉를 하면서-."

진실 게임은 원래 첫 주자의 말에서 분위기가 결정되는 것이다.

"-그래서 처음에 솔직히 〈원아워즈〉 관련해서 섭외가 들어왔다고 하길래 너무 기뻤어요."

진실 게임의 초반 분위기를 만들어 가는 것은 몹시 중요하다.

물론 지금은 진실 게임을 하는 게 아니지만 처음 말문을 연 사람이 이러한 말을 하면 바로 뒤 부정적인 말을 하기 무척 힘든 법이다.

"굉장히 위로를 많이 받았던 게임이니까 좀 더 오래 많은 사람들에게 사랑받았으면 했거든요."

난 〈뉴비공대〉의 팀원들을 둘러보았다.

"처음엔 진짜 막막했는데 여기까지 잘해 주셔서 정말 감사합니다."

"그래, 현우는 옛날부터 좋아했다고 했잖아. 애정이 깊겠네."

온정우 형이 자신의 소주잔을 만지작거리며 말했다. 난 고개를 끄덕였다.

"그것도 그런데 형님들이 다들 클리어 하시려고 열심히 하시잖아요. 모두 촬영 안 하는 날에도 따로 만나서 연습하고 그런 거 저도 알거든요."

내 말에 여기저기서 '아이, 뭐' 하는 쿨한 척, 혹은 부끄러운 척하는 소리들이 들려왔다.

"게임에 대한 애정도 애정이지만 열심히 한 만큼 꼭 보람찬 결과가 있었으면 좋겠어요."

막내가 열심히 해 주는 형들한테 이렇게까지 고마워하는데 여기서 그때 네가 실수했니 잘 좀 하라느니 하는 말을 꺼낼 수 있겠어?

"그러게, 나도 꼭 클리어해서 지금 힘든 거 다 보상받을 수 있으면 하네. 그럼 우리 대표님께서는-."

온정우 형은 자연스럽게 질문의 대상을 〈원아워즈〉의 이미향 대표로 바꾸었다.

정우 형이 보기에도 내가 이런 말을 한 뒤 곧바로 팀원에게 불만으로 가득한 성진 형에게 하려던 질문을 잇는 건 그림이 안 좋다고 생각한 듯했다.

"몇 주간 저희랑 같이 해 보시면서 어떠셨어요? 아무래도 잘하시는 플레이어들이랑만 하다가 저희 같은 초보들이랑 하니까 좀 답답하시죠? 하하."

"네…… 아닙니다."

정우 형의 농담 섞인 말에도 이미향 대표님은 진지하게 대답했다.

아까 전 내 말에 다른 사람들은 겉으로만 리액션을 해 주었으나 이미향 대표님만은 정말 감명을 받은 표정이었다.

"……음. 저는."

이미향 대표는 한동안 말을 이어 나가지 못했다. 잠시 고개를 숙인 채 술잔을 보며 생각에 잠겨 꺼낼 말을 고민하는가 싶더니 겨우 입을 열었다.

"포기하지 않고 계속 따라와 주시는 것만으로도 감사합니다. 솔직히 이 게임이 이제 한물갔네, 망했네 이런 소리를 들어도 저는 굉장히 가능성이 많은 게임이라고 생각하거든요. 저희 게임이라서 하는 말일 수도 있는데."

난 노릇노릇 구워지고 있는 고기를 뒤집으며 슬쩍 성진 형을 바라보았다. 본인이 원하는 분위기가 되지 않아 좀 짜증이 난 모양이었다.

물론 성진 형이 불만을 토로할 시간이 돌아오긴 할 거다.

성진 형 성격에 분위기가 화기애애하다고 해서 할 말을 못할 사람도 아니고. 다만 게임할 때를 제외하곤 눈치가 있는 사람이니 좀 순화해서 말하려 애쓸 거다.

"점점 새로운 게임들이 나오고 대세 타이틀을 그들에게 넘겨주게 되면서 많은 개편들이 이루어져도 결국 하는 사람만 하는 게임이 되었습니다만, 여러분들이 즐겁게 플레이해 주시는 걸 보며 아, 아직 우리 게임 재밌구나. 새삼 실감을—."

누구보다 게임을 애정했던 사람이 게임을 살리기 위해 애쓰고 있다.

물론 지금 대표님의 말씀은 10년 전 자신의 말이 길다는 걸 알지 못하는 교장 선생님 훈화보다 길어지고 있긴 하지만 그 마음만은 충분히 와닿았다.

출연진의 표정에 비로소 씁쓸함이 감돌았다.

"지금은 비록 고인물 게임이라고 불리지만 오랜만에 여러분들과 같이 하며 몇 번이나 실패하고 또 어떤 때는 서로 다투기도 하면서 예전 그때 생각이 많이 났습니다."

길게 길게 이어지던 대표님의 말씀은 '우리는 할 수 있습니다.'라는 희망적인 말로 끝이 났다.

"그럼요. 이렇게 열심히 했는데 잘해야죠."

"저희 꼭 클리어합시다! 그래도 많이 진행했잖아요!"

"따로 모여서 연습하니까 확실히 실력이 늘기는 늘더라고요!"

팀원들이 일심동체로 감격한 대표님의 기분을 맞춰 주었다. 그때 지혁 형이 성진 형을 바라보았다.

"성진 님은 혹시 뭐 할 말 없으세요?"

모두의 시선이 성진 형에게로 향했다. 팀원에게 몹시 불평불만이 많았던 신인 개그맨 성진. 반대로 다른 팀원들이 불만이 있다면 그 대상 또한 성진 형일 것이다.

"아, 저는."

"자꾸 실수가 나와서, 그쵸. 이놈의 손이 진짜!"

오늘 유독 실수가 많아 성진 형의 공격 대상이 되었던 배우 민재 형이 자신의 손을 때리는 시늉을 했다.

게임 도중 표정을 확인하지는 못했지만 성진 형이 성질을 냈을 때 처음엔 미안하다 죄송하다 하던 민재 형도 나중엔 아예 무시로 갈음했었다.

민재 형이라고 감정이 상하지 않았을 리는 없고 기분은 나빴겠지만 자신의 이미지를 위해 참았을 것이다.

지금도 그러했다. 민재 형은 그냥 자신의 탓으로 돌리며 부드러운 상황을 만들려고 했다.

나와 대표님은 감사와 희망을, 민재 형은 미안함을 표하는데 성진 형이 화를 내기도 참 힘든 분위기다.

입을 꾹 다물고 있던 성진 형이 말문을 텄다.

"우선 오늘 예민하게 굴어서 모두에게 죄송합니다. 하, 진짜 그러려고 그런 건 아닌데 너무 아깝게 재시작을 하니까 저도 모르게 예민해졌나 봐요."

결국 성진 형은 분위기에 맞춰 가기로 판단을 내렸다.

"그럴 수 있죠. 저희도 다 예민했는데, 그건 어쩔 수 없는 거 아니겠습니까? 다들 게임에 너무 몰입을 해서."

민재 형 다음으로 성진 형 주 공격 대상이 되던 상현 형이 말을 맞춰 주었다.

"정말 짜증을 낸 건 전부 제 잘못이고 그 부분은 앞으로 조심할게요. 근데 여러분들도 다 그런 건 아니지만 적어도 같은 곳에서 실수는 안 나게 신경 써 주셨으면 좋겠어요."

순화하고 돌려서 이야기하는데도 '네 이야기 하는 거다.'라며 눈에 잔뜩 힘을 주고 민재 형에게 눈치를 주며 말했다.

저러는데 만약 말꼬를 성진 형이 텄으면 어쩔 뻔했어.

아마 촬영이고 뭐고 유넷의 경연 프로 〈랩스타〉 못지않은 디스전과 기 싸움이 오갔을지도.

아무튼 대놓고 민재 형을 저격하는 성진 형의 눈빛에도 불구하고 민재 형은 그저 하하 웃으며 고개를 끄덕였다.

"열심히 한번 해 볼게요. 저도 오늘 실수가 잦아서 너무 죄송했어요."

민재 형은 성진 형의 시선을 피하며 성진 형 말고 다른 팀원들에게 사과를 했다.

아무튼 방송에서만 만날 사람들인데 감정이 상해도 싸워 봤자 뭣할까.

다들 비슷한 생각으로 겉으론 어느 정도 감정이 풀린 척 화제를 돌리며 최대한 화기애애한 분위기를 만들어 갔다.

"현우 씨, 늘 고맙습니다. 많이 드세요."

이 팀원 중 이번 회식에서 진심으로 마음을 열고 대하는 건 이미향 대표님뿐이 아닐까.

"감사합니다. 대표님도 많이, 제가 한잔 따라 드릴게요."

"예에. 그런데 현우 씨, 성인 맞지요? 제가 술을 받아도 되나 해서."

"올해 스물입니다."

이미향 대표님이 오늘 특히 대화를 나누고 싶어 하는 건 나였다. 자신이 애정으로 만든 게임을 내가 무척이나 좋아한 다는데 다른 출연진보다 더 챙겨 주고 싶은 건 당연할지도.

"현우 씨, 아직도 〈원아워즈〉 해요?"

"아, 가끔씩이요. 바빠서 자주 하지는 못하는데 최근 오랜 만에 하니까 재밌어서."

반 진심 반 예의상 한 말에 대표님은 무척 기뻐하시며 내 진짜 계정으로 선물을 보내 두겠다 말씀하셨다.

"많이들 드시고요. 촬영은 여기서 마무리하겠습니다!"

촬영이 마무리되며 카메라가 철수하였고 민재 형과 상현 형은 그제야 성진 형과 솔직한 대화를 나눴다.

시간은 조금 더 흘렀고 미리 주문해 둔 고기를 전부 해치 운 뒤 회식은 마무리되었다.

🎵

숙소로 돌아가는 길, 태성 매니저님이 백미러를 통해 날 바라보았다.

"많이 피곤하십니까?"

"이번 촬영은 약간 정신적으로 힘들어요."

난 시트에 몸을 완전히 기대며 고개를 저었다. 촬영 시간은 7시간 정도로 예능 촬영치고는 그리 길지 않았다.

하지만 정신적 소모가 너무 컸다. 게임만 해도 따라오는 스트레스가 있는데 거기다 사람들까지 달래 가며 하니 오죽할까.

"드십시오."

불쑥 내 쪽으로 이프로 음료가 들이밀렸다.

"저 이 음료 좋아하는 줄 어떻게 아셨어요?"

"얼마 전에 고유준 씨가 말씀해 주셨습니다. 피곤하실 때 카페인보단 당분을 섭취하신다고."

하여튼 고유준, 멤버 일이라면 다 안다고 티 내는 걸 몹시 좋아하는 놈이다.

난 음료를 받아 들고 휴대폰을 켰다.

"……어."

이건 뭐야.

켜자마자 우르르 올라오는 부재중 전화.

주한 형, 고유준이 번갈아 가며 수십 통을 남겨 놨다.

"무슨 일이야, 이게."

멤버들은 어차피 내가 촬영 마치면 숙소로 돌아갈 것을 알고 있다. 그래서 평소라면 전화를 안 받으면 아직 촬영 중이겠거니 문자 한 통 남겨 놓고 만다.

그런데 이렇게 수십 통씩 전화를 했다고?

"……."

뭐지, 이 불길한 예감은?

멤버들이 평소와 다른 행동은 할 때엔 필시 무슨 문제가 생겼다는 것일 텐데.

"뭔 일 생겼나……."

중얼거리며 새로 들어온 메신저를 확인했다.

방금 같이 촬영했던 지혁 형, 그리고 바로 밑에 떠 있는 고유준의 메신저.

−미안하다

이게 진짜 뭐야.

이상한 불길함에 서둘러 메신저 창을 켜고 답장을 하려는 순간 태성 매니저님이 내 중얼거림에 대답했다.

"무슨 일 있는 거 맞습니다. 촬영 중이셔서 말씀 못 드렸습니다만."

"무슨 일이요?"

수십 통의 부재중 전화.

고유준의 메신저.

"고유준 일이에요?"

"그렇습니다. 숙소로 돌아가면 최대한 차분히 알려 드리고 싶었는데, 이미 아시는 듯해서 말씀드리자면-."

머릿속이 차갑게 식어 갔다.

태성 매니저님은 다시 한번 백미러로 나를 바라보곤 말했다.

"고유준 씨 아버님께서 인터넷에 글을 올리셨다고 합니다. 그 내용이 상당히 자극적으로 쓰인 모양이라, 수환 형님께서 급하게 회사로 들어가셨습니다."

해당 글이 올라왔다는 사이트에 들어가자마자 가장 위 이슈란에 보이는 자극적인 문구.

애비를 칼로 찔러 죽일 뻔한 살인미수범, 크로노스 고유준을 폭로합니다.

보자마자 나도 모르게 숨을 들이켜고 휴대폰을 껐다. 아직 내용을 보기 전인데도 벌써 속이 쓰렸다.

"고유준은요?"

"멤버 전부 회사로 갔습니다. 숙소에 필요한 거 없으시면 바로 사옥으로 가겠습니다."

"바로 가요."

살인미수범? 칼로 찔러 죽일 뻔했다고?

어이가 없어서.

도대체 어떻게 된 건지 4년 전 그때보다 워딩이 훨씬 세졌다.

왜? 아주 잠시 품었던 의문은 금방 풀렸다.

'당연하지.'

과거보다 지금이 훨씬 잘되었고 고유준은 정산은 받지 못했을지언정 넉넉한 저작권료를 받고 있다.

협박하면 진짜로 돈이 나오니까.

내가 모르는 사이 고유준과 친아버지 사이에 무슨 일이 생긴 게 틀림없었다.

지금 당장 고유준의 상태를 확인하지 않으면 이 더러운 기분을 절대 해소시킬 수 없을 것 같았다.

회사는 완전히 뒤집어져 있었다.

크로노스의 인기에 워낙 자극적인 이슈라 수많은 기사가 쏟아져 나왔다.

몇몇 기사들은 이미 이게 진실인 것처럼 보도를 하고 있었고, 몇몇 이슈 정리 너튜버들은 관련 내용을 정리하겠다며 커뮤니티에 공지하기도 했다.

파랑새는 말할 것도 없었고, 태성 매니저님까지 해서 관계자들의 전화는 터질 것처럼 울려 댔고.

"죄송합니다."

더 큰 문제는 고유준의 아버지가 증거라고 내놓은 것들이 너무 그럴듯하다는 것이었다.

"아니 시발 왜! 하, 왜 이걸 너 혼자 처리하고 있었냐고!

미치겠네, 진짜?"

김 실장님이 들고 있던 수첩은 타앙, 테이블에 던져 버렸다.

이미 이게 진실이라고 확신하고 고유준에게 욕하고 있는 사람들.

아직 우리 측 입장이 안 나왔으니 기다리자는 사람들.

확실한 건 여론은 무척 안 좋고 기다리자는 사람은 크로노스의 팬인 고리밖에 없다는 것이었다.

"저기, 저 이제 막 스케줄 끝내서 아직 정확한 내용을 모르는데 설명 좀 해 주세요."

고유준에게 윽박지르는 김 실장님에게 말하자 김 실장님은 몸을 부들부들 떨더니 노트북을 가리켰다.

"아니 서현우. 지금 이런 상황에 이동하면서 안 보고 뭐 했어? 멤버 하나 골로 가게 생겼는데 혼자 여유로워?"

"지금 볼게요."

"스케줄 마치고 왔다잖아요."

날 바라보는 김 실장님의 시야를 주한 형이 막아섰다.

"그렇게 치면 김 실장님은 멤버 하나 골로 가게 생겼는데 왜 유준이 말은 안 듣고 화부터 내시는데요?"

"뭐? 이 새끼들이."

"지금 화풀이하자고 저희 소환하신 건 아니잖습니까."

주한 형이 이렇게까지 말하는 걸 보면 김 실장님은 내가 오기 전에도 어지간히 멤버들에게 화를 많이 내신 모양이다.

김 실장님은 매섭게 주한 형을 노려보더니 한숨을 쉬며 자리에 앉았다.

"일단 현우, 글 한번 읽어 봐. 읽고 이야기하자."

"네."

"하, 진짜. 콘서트 앞두고 이게 무슨 일이야."

"유……준이 형 잘못이 아니에요. 그렇죠, 형?"

김 실장님이 열심히 고유준에게 눈치를 주고 멤버들은 말 없는 고유준을 지켰다.

그사이 난 노트북을 가져와 고유준의 아버지가 올린 글을 확인했다.

내막을 다 알고 있으니 자세히 보기도 싫어 쭉 훑어 내렸지만 대략 내용은 이것이었다.

1. 고유준은 어릴 적부터 가족들과 사이가 몹시 안 좋았으며 불량한 친구들과 밖으로 나돌아 다니는 걸 좋아했다.

2. 고유준의 반항이 심해지자 아내는 견디지 못하고 집을 나갔고 연습생이 되기 전까지 아버지와 단둘이 살았다.

3. 아내(고유준)이 집을 나가고도 정신을 못 차려서 연습생 생활비로 금전을 요구하길래 거절했더니 식칼로 자신을 찔렀다.

4. 고유준은 부모를 죽이려 한 패륜아다. 그런 놈이 과거를 모른 체하고 번듯이 사랑을 받으며 가수 활동하는 건 말도 안 됨

다고 생각해서 이 글을 쓴다.

　도대체 말이 안 되는 이야기를 지어내는 사람이 누구인지 원.
　차라리 스릴러 액션 영화가 좀 더 그럴듯하게 보일 지경이
었다.
　하지만 문제는 이 허무맹랑한 이야기를 뒷받침해 줄 증거
가 버젓이 존재하고 있다는 것이었다.
　고유준의 아버지는 자신의 말이 사실이라는 걸 입증하기
위해 옛날 고유준과 함께 찍었던 사진과 일부를 가린 주민등
록등본, 그리고 해당 시기 자상을 입고 입원을 했었다는 병
원 기록 등 꼼꼼히도 증거 사진을 올려 두었다.
　댓글엔 증거가 있으면 빼박이라며 진실 여부도 판단하지
않고 고유준 욕부터 박아 둔 사람이 대다수였다.
　"하아."
　난 숨과 함께 노트북을 닫아 버렸다. 그와 동시에 수환 형
이 통화를 끝내고 소회의실로 들어왔다.
　그러자 다 체념한 표정으로 이만 갈고 있던 김 실장님이
인상을 찌푸린 채 수환 형을 노려보곤 상체를 바로 했다.
　"애들 관리 제대로 안 하세요? 이 실장님, 이런 일이 있었
으면 실장님이 제대로 알고 사전에 대처를 해 뒀어야죠."
　"죄송합니다."
　"이게 어떻게 수환 형 잘못이야? 우리가 알았던 세월로 따

지면 김 실장님 잘못 아닌가?"

진성이가 투덜거리자 김 실장님이 진성이를 노려보다 도로 한숨을 쉬었다.

"됐고. 이제 말해 봐. 이게 무슨 상황인데, 유준이. 이거 진짜야?"

"아니요. 아닌데요."

고유준이 즉답했다. 기분은 조금 가라앉은 모양이지만 당사자인 고유준은 간신히 멘탈은 잘 잡고 있는 듯 보였다.

사실 괜찮은 척하는 것일 테지만.

"죄송합니다. 저 때문에."

"일단 무슨 일인지 말해 봐. 일단 이야기를 들어 봐야 대처를 하든지 말든지 하지."

"지금은 보도 자료 제출한 거 있습니까?"

수환 형의 말에 김 실장님은 코웃음을 쳤다.

"당연히 제출했지요. 묵묵부답보다는 나으니까."

수환 형의 표정도 무척 안 좋아졌다. YMM의 느린 대처는 이런 일촉즉발의 상황에서도 여전했다.

휴대폰을 켜 인터넷에 고유준을 치자 '사실 확인 중'이라고 떠 있던 기사가 방금 전 '전면 부인'으로 바뀌었다.

김 실장님, 화는 저렇게 내도 고유준이 아니라고 하자마자 기자에게 문자를 보낸 모양이었다.

"고유준, 빨리 말 안 해?"

"······죄송합니다."

김 실장님은 고유준이 뭐라도 말하기를 바랐으나, 고유준은 입을 굳게 다물었다. 그러나 뭐라도 말해야 해결되는 상황이라 해도 고유준을 닦달할 문제는 아니었다.

난 고유준의 어깨를 붙잡으며 말했다.

"애 잘못도 아닌데 이렇게 많은 사람들 앞에서 가정사를 이야기하게 하는 건 너무 잔인한 것 같아요, 실장님."

"뭐? 야, 지금 이 상황에 잔인하고 말고 따질 때야?"

이제 겨우 스물 된 놈이다. 무표정으로 대답 잘한다고 정신이 제정신이겠나. 가장 당황스럽고 겁이 나는 건 고유준일 텐데.

난 수환 형을 바라보았다. 형, 도와주세요. 눈으로 말하자 수환 형은 용케도 눈빛의 의미를 알아채고 고개를 끄덕였다.

"맞는 말입니다. 제가 유준 씨랑 둘이서 대화해 보겠습니다. 사정을 들어 본 뒤에 다시 회의하시죠."

"······후우, 알겠습니다. 좀! 하, 부탁할게요. 네? 이 실장님. 애들아, 나가자."

김 실장님은 눈을 부릅뜬 채 수환 형에게 눈치를 줬고 수환 형은 별 대답 없이 고개를 끄덕였다.

멤버들이 하나둘씩 일어나 김 실장님과 함께 회의실을 나섰다.

"힘내라."

내가 고유준의 어깨를 주무르자 고유준이 작게 미소만 짓곤 내 손을 잡아 내렸다.

"괜찮음."

고유준의 손이 땀으로 축축하게 젖어 있었다.

이것 봐. 겁 집어먹고 있다니까.

회의실을 나가자 김 실장님은 어디론가 사라졌고 멤버들은 시무룩한 채 일제히 닫힌 회의실 문만 바라보고 있었다.

"김 실장님은?"

"전화. 아까부터 언론사 연락이 끊이질 않는다네."

"유준이 형 저렇게 표정 안 좋은 거 처음 봤어요."

윤찬이가 시무룩하게 말했다. 내가 윤찬이 옆에 앉자 주한 형이 의자에서 일어나 내 앞에 섰다.

"현우 너는 이거 지금 무슨 상황인 줄 알아?"

"뭐, 정확히는 모르지."

"유준이 아버지가 썼다는 글 어디까지가 진짜야?"

"당연히 전부 거짓말이야. 자세한 건 나중에 고유준 나오면 따로 물어보거나 해."

굳이 내 입으로 왈가왈부하고 싶지 않았다.

수환 형과 고유준의 대화는 꽤 길어졌다.

상황이 상황이니만큼 김 실장님은 바쁘게 언론사를 막으러 가셨고, 우린 태성 매니저님과 함께 숙소로 돌아왔다.

그리고 저녁 11시, 우린 다시 회의실에 모였다.

"이번 일은 저한테 맡겨 주시죠."

회의가 시작되자마자 수환 형이 김 실장님께 건넨 말이었다.

가뜩이나 살벌한 회의실은 더욱 싸해졌고 직원 모두가 수환 형과 김 실장님의 눈치를 봤다.

"그게 무슨 말씀이십니까, 이 실장님?"

"책임지기 싫으신 것 아닙니까?"

"……."

불안한 듯 볼펜을 돌리던 김 실장님의 손이 멈추었다. 김 실장님은 인상을 팍 찌푸리고 깊게 한숨을 쉬더니 생각보다 허심탄회하게 말했다.

"그럼 책임지고 싶겠습니까?"

주한 형을 제외한 멤버들이 움찔, 일제히 김 실장님을 쳐다보았다. 애들 표정을 보면 무슨 큰 배신이라도 당한 것 같은 얼굴이다.

아닌데, 김 실장님은 예전부터 원래 저런 분이신데 도대체 무슨 기대를 한 건지.

일순간 김 실장님의 난감해하는 얼굴에 이전 매니저였던 인현 형이 겹쳐 보였다.

따지고 보면 비슷한 타입의 사람이었다.

수환 형은 그럴 줄 알았다는 듯 태연히 대답했다.

"그럼 저한테 맡겨 주시죠. 대응팀 책임자, 제가 하겠습니다. 책임도 제가 질 테니 김 실장님께선 이사님께 그렇게 결재 올려 주십시오."

"그럼 애들 스케줄은요?"

"지금 휴가 중 아닙니까. 개인 스케줄은 김태성 매니저 있으니까 괜찮습니다."

수환 형은 우리 앞에 서서 이 사건에 관련된 일을 책임지고 마무리하겠다고 말했다.

수환 형이 김 실장님과 언성을 높이는 동안 고유준은 도통 고개를 들지 못했다.

김 실장님은 본인 입장에선 새파랗게 어린 수환 형과의 언쟁에 엄청나게 화가 난 듯했지만 결국 한차례 진정한 뒤 수환 형의 요청을 받아들였다.

"뭐 도울 거 있으면 말하시고요. 일단 결재 올릴 테니까 팀 인원 정해서 알려 줘요. 하…… 시발. 뒤지게 전화 오네, 진짜."

김 실장님은 신경질적으로 전화를 받으며 회의실을 나섰다. 정적이 흐르는 회의실 내, 수환 형이 말했다.

"멤버들은 이만 돌아가시고 직원들은 잠시 저랑 얘기 좀 나누시죠. 유준 씨도 걱정 말고 들어가세요. 잘못한 거 없는데 고개 들고."

수환 형의 말에 고유준은 오히려 더 깊게 고개를 숙여 모두에게 사과했다.

"죄송합니다. 다들 죄송합니다, 가족 일로 다들 고생하시게 해서."

우린 회의실을 나왔고 문을 닫자마자 수환 형이 무언가 말하는 소리가 들려왔다.

"숙소로 이동하겠습니다."

태성 형을 따르며 멤버 중 누구 하나 입을 열지 않았다.

이럴 때 가장 먼저 가볍게 장난을 걸어오던 게 고유준이었는데 지금은 그렇게 분위기를 풀어 줄 사람은 없었다.

계단을 내려오는 내내 심란한 표정이던 주한 형이 차에 오르자마자 고유준에게 말했다.

"유준이 숙소 들어가면 잠깐 나랑 얘기 좀 할까?"

고유준이 사는 동안 주한 형과 이렇게 오랫동안 독대한 적 있었던가.

두 사람은 숙소에 도착한 직후 바로 주한 형의 방에 틀어박혀 2시간째 나오지 않고 있었다.

큰 사건이 터진 상황이라 괜히 윤찬이와 진성이도 잠에 들지 못하고 거실에 가만히 앉아 두 사람이 나오기만을 기다렸다.

"……."

진성이가 내 눈치를 보며 은근슬쩍 휴대폰을 켰다.

"안 돼."

난 잽싸게 진성이의 휴대폰을 뺏고 방을 가리켰다.

"둘 다 휴대폰 여기 두고 자러 가."

윤찬이에게 손을 내밀자 윤찬이는 머뭇거리면서 자신의 휴대폰을 꺼내 내 손에 올려 두었다.

"내일 돌려줄게. 자러 가. 윤찬이 너는 내일 촬영 있잖아."

"네……."

"저기 형……. 아니야. 자러 갈게."

"잠은 안 오겠지만 그래도 자려고 노력해 봐."

두 사람은 아쉬움이 뚝뚝 묻어나는 얼굴로 고개를 끄덕이고 각자의 방으로 향했다.

윤찬이와 진성이가 방으로 들어가고 난 휴대폰을 켜 인터넷 기사를 확인했다.

이슈가 되었던 글엔 여전히 많은 댓글이 실시간으로 달리고 있었고, 노를 젓듯 고유준의 아버지는 소속사에서 연락이 왔다며 곧 후기 올리겠다는 추가 글까지 올려 두었다.

문제가 발생했으니 소속사에서 연락이 가는 건 당연한 건데 이마저도 모두 고스란히 '잘못한 것'이 되어 고유준을 욕하는 이유로 사용되었다.

지금은 무엇을 해도 욕을 먹을 만큼 과열된 상황.

서둘러 자필 해명문을 올리는 것 외엔 방법이 없어 보였다.

문제는 입장문을 올려도 하나하나 꼬집어 욕하는 집단, 고유준이 자신의 가정사를 말하고 싶어 하지 않는다는 점이었다.

"그 와중에 본인이 감옥에 다녀오신 건 쏙 뺐네."

해도 해도 너무하네. 이런 사람을 부모라고 해야 하나.

보고 있는 글과 더불어 과거 고유준에게 있었던 일을 생각하면 절로 욕이 나오고 치가 떨린다.

진실이 밝혀지고 고유준의 누명이 벗겨졌을 때 도대체 얼마나 크게 죗값을 치르려고 이런 짓까지 하는 건가.

이 모든 행동이 단지 고유준에게 돈을 받아 내기 위함이라고? 더럽고 역겹다.

"현우, 안 자?"

거실로 나온 주한 형이 지친 목소리로 물었다. 난 휴대폰을 내려놓고 일어났다.

"잠이 안 와서. 이야기는 끝났어?"

주한 형이 고개를 젓고 엄지로 자신의 방을 가리켰다.

"잠깐 들어올래? 상의할 게 있어서."

"어, 알았어."

주한 형을 따라 방 안으로 들어가자 웬일로 주한 형이 고유준에게 자신의 편안한 작업 의자를 넘겨주었다.

주한 형은 자신의 침대에, 나는 눈치껏 바닥에 앉자 고유준이 마른세수를 하며 날 바라보았다.

운 것 같지는 않지만 눈이 충혈되어 있었다.

"현우 너는 유준이 가정사에 대해 대략적으로 아는 거 맞지?"

"어, 그때 같이 있었어."

현장에 같이 있지는 않았고 사건이 일어났던 당시 고유준이 우리 집에서 지냈었다.

"근데 지금 일은 모르겠어. 무슨 일이 있었길래 얘네 아버지가 갑자기 글을 올리셨는지는 나도 몰라."

"그거에 대해 상의하려고 너도 불렀어."

주한 형이 고유준에게 눈짓했다. 고유준은 입술을 잘근거리더니 휴대폰을 켜 나한테 보여 주었다.

–5일인데?? 걔좌로?? 돈 안들어왔는데??

–보냈어??

–전화받아봐라

–니 휴가인 거안다?? 전화 왜??안받아??

–니지금일부로 피하나??

–새번걸때까이 안받으면가만 안둔다

–니내가어떡개??하는지 함 봐라ㅎ

"너 아버지한테 돈 보내기로 했어?"

내 물음에 고유준이 머뭇거리다 눈치를 보며 말했다.

"사실 아버지 출소하신 뒤로 계속 보냈어."

"네가 돈이 어디 있어서?"

"저작권료 쪼개서 계속."

환장할 노릇이다.

들어 보니 고유준의 아버지는 출소한 직후부터 계속 생활비가 없다는 이유로 돈을 요구했다고 한다.

근데 고유준은 또 그걸 수락해 자신의 저작권료를 조금씩 쪼개서 생활비로 드렸다고.

그런데 아버지는 받아도 받아도 만족하지 못하시고, 그렇다고 일을 찾으려 노력하는 기색도 없이 계속 요구를 하셨다고 한다.

"그런데 나도 저작권료 그렇게 많이 받는 건 아니니까. 솔직히 내가 쓰려고 모은 돈까지 다 드려서 이제 더 이상 없거든."

"아니 그걸 왜 다 주냐고. 그게 어떻게 모은 코 묻은 돈인데? 답답하네."

형은 분노를 참지 않고 고유준이 말하는 내내 이를 악문 채 추임새처럼 욕을 해 댔다.

그러자 고유준은 주한 형의 시선을 피한 채 말했다.

"이렇게 될까 봐."

그룹에 피해를 주게 될까 봐 되도록 혼자서 해결하고 끝내려고 했나 보다. 하지만 이제 더 이상 아버지에게 줄 돈이 없으니 연락을 받지 않다가 이 사달이 난 거고.

"설마 진짜 인터넷에 글을 올릴 줄은 몰랐어. 문자 받자마자 바로 매니저 형한테 알리기는 했는데 이미 늦어서."

고유준이 피곤한 기색으로 고개를 푹 숙였다.

"정말 미안하다. 멤버들한테 면목이 없어. 만약 이 일이 잘못되면 나는."

고유준은 무척 괴로운 표정으로 머뭇거리다 말을 이었다.

"그룹을 탈퇴-."

"말이 되는 소리를 해."

몇 년을 고생했는데 자기 잘못도 아닌 걸 가지고 탈퇴를 한단 말인가.

"일단 네 잘못 아닌 거 확실하니까 인터넷 보지 말고 가만히 있어. 아침에 또 회의 소집될 테니까 그때 널 어떻게 지킬 건지 답이 나오겠지."

주한 형의 말에 고유준이 잠자코 고개를 끄덕였다. 나와 주한 형의 휴대폰이 동시에 울렸다. 내일 아침 11시까지 회사로 오라는 내용이었다.

주한 형은 말없이 휴대폰을 베개맡으로 던져 버리고 고유준에게 물었다.

"넌 괜찮고?"

고유준이 숙였던 고개를 들었다. 그러곤 경련하듯 입꼬리를 올리며 고개를 끄덕였다.

"난 진짜 괜찮아."

고유준의 대답에 주한 형은 더 굳었지만 되묻지 않고 우리 둘을 방에서 내보냈다.

"아무 생각 하지 말고 자라."

"어."

달칵, 문이 닫혔다. 방으로 돌아가는 고유준의 모습은 평소
와 달리 너무 기가 죽어 있어서 나도 모르게 녀석을 불렀다.

"……야."

멈춰서 나를 돌아본 고유준은 옅게 미소 지었다.

"난 진짜 괜찮아."

"너 아까부터 웃는 거 엄청 어색한 거 아냐? 그럴 거면 그
냥 웃지 마."

전혀 웃을 수 없는 상황인데 투정 부리지도 못하는 그 심
정을 내가 모르는 것도 아니고.

저럴 거면 차라리 웃지 말고 울었으면 했다.

그러자 고유준이 미소를 감추었다. 그리고 무척 피곤한 얼
굴로 고개를 끄덕였다.

"아침에 보자."

끝끝내 힘들고 괴롭다는 말은 하지 않았다.

YMM엔터테인먼트의 회의실.

김 실장님과 윤찬이 진성이를 제외하고 어제와 같은 인원

들이 모여 고유준 아버지 사태에 대해 의견을 나눴다.

여기저기 답답함과 피곤함이 담긴 한숨들이 주기적으로 쏟아져 나왔다.

다행인 것은 김 실장님이 없고 수환 형이 어제 새벽 긴 회의 도중 고유준의 상황을 설명했는지 고유준을 향한 한숨은 아니라는 점이었다.

"일단 사태가 커졌고 회사에서 공지를 올리기는 했지만 아무래도 유준씨의 자필 입장문이 있어야 설득력이 높아질 듯 합니다."

"네, 쓸게요. 뭐 어떻게 쓰면 돼요?"

"일단 써 봐. 우리가 보고 수정할 부분을 알려 줄 테니까."

"말할 수 있는 부분만 최대한 솔직하게 적어 줬으면 좋겠어."

직원들의 말에 고유준이 시무룩하게 고개를 끄덕였다.

"네, 알겠습니다."

"리더랑 서브 리더가 돕고, 그리고 주한이는 당분간 멤버들이 SNS에 글 안 올리게 하고."

고유준의 자필 입장문을 제외하고는 우리가 별로 끼어들 일은 없었다.

간혹 고유준에게 아버지에게 여전히 연락 오고 있는지, 멤버들의 상태는 어떤지 등등 물어보는 건 있었지만 대체로 직원들끼리 어떻게 대응할지에 대해 의견을 나누는 게 전부였다.

어느 정도 회사와 멤버들 간 대응 협의가 이루어졌을 때

수환 형이 말했다.

"우선 회사는 고유준 씨를 무조건 보호하고 가는 방향으로 결정했습니다."

당연했다. 고유준의 잘못도 없는 논란으로 이미지를 실축시키기엔 고유준과 크로노스의 가능성이 너무나 무궁무진하다.

그런 이유로 지금 YMM의 언론 대응은 그 어느 때보다 빠르게 처리되고 있었다—물론 수환 형이 대응팀을 맡았기 때문인 것도 발 빠른 대처에 한몫했다—.

"고소까지 불사할 생각인데 유준 씨 생각은 어떠십니까?"

"아, 그건. 죄송한데 좀 생각할 시간을 주세요."

"일단 고소까지는 가지 말고 고유준한테 보냈던 문자가 있으니까 입장문 올릴 때 증거로 같이 올리고 반응을 지켜보는 것이 좋을 것 같아요."

"유준 씨, 혹시 전화 통화 녹취는 해 두신 것 없습니까?"

"없는데 계속 전화 오고는 있거든요, 아버지한테서. 한번 받아서 녹음할까요?"

"억지로 받으실 필요는 없고요."

고유준의 아버지는 그렇게 철두철미하고 머리 좋은 사람이 아니다. 뻔히 들킬 거짓말을, 뒷일 생각 안 하고 고유준의 유명세를 이용해 여론몰이 할 생각만 하는 걸 보면 안다.

고유준은 예전부터 아버지가 어떤 말을 하든 반항하는 모습을 보인 적이 없었다.

낳아서 길러 주는 아버지한테서 '네가 그러면 안 된다.'라는 말을 어렸을 적부터 지겹도록 들은 터라 언제나 강압적인 말에 불만이 있을지언정 한번도 명령을 어기거나 한 적이 없다.

그러니 제 아들이 얼마나 만만해 보였을까.

자신이 어떤 일을 해도 고유준은 자신에게 해를 끼치지 못한다는 걸 알아서 이런 짓을 한 거다.

만만하니까. 자신이 무섭고 대단한 사람인 줄 착각하고 있으니까.

여론이 모두 자기편을 들고 있으니 이제 있는 돈 없는 돈 다 털어 내서 자신에게 생활비라도 줄 줄 알았던 모양이지.

"일단 자필로 어떤 상황인지에 대해 적어 주시고 대응팀에 넘겨주십시오. 회사에서 같이 써도 되고요."

"네, 알겠습니다."

회의가 끝이 났다. 수환 형과 직원들은 모두 피곤한 얼굴로 뒤늦은 퇴근을 했고, 주한 형은 고유준의 어깨를 두드린 뒤 도 PD님을 만나러 작업실로 향했다.

고유준은 나와 둘만 있는데도 불구하고 아무 말도 하지 않았다.

그 와중에도 타이밍 지랄맞게 고유준의 아버지에게서 메시지가 오고 있었다.

"글 쓰는 거 같이할래?"

"아니 혼자 해 볼게. 생각 정리하면서 천천히 쓰려고. 오늘 숙소에 늦게 들어갈 수도 있다."

"어, 알았다."

난 대답하며 도로 의자에 앉았다. 고유준이 안 나가고 뭐 하냐는 듯 날 바라보았다.

"너 우는 것도 기회가 있는 거 아냐?"

"뭐?"

난 입을 다물고 그냥 곁에 앉아 있었다. 고유준과 둘이 있으며 이렇게 조용하고 착잡한 기분이 들었던 적이 있던가.

어떤 때는 함께 있는 것만으로 위로가 되는 경우가 있다. 나와는 달리 고유준은 사람을 무척 좋아하는 녀석이니까.

정적 속에서 그냥 가만히, 얼마나 시간이 지났을까.

"진짜 잘못되면 어쩌지?"

애써 능글거리는 목소리는 사라졌다. 대신 분해서 꽉 틀어 쥔 주먹이 부들대고 있었다.

고유준이 쓰기 싫은 건 쓰지 말라는 게 수환 형의 방침이었다.

수환 형은 되도록 고유준이 밝힐 수 있는 선에서 자신의 입장을 표명하길 바랐다.

하지만 그게 어디 로망대로 되나.

되도록 깊이 들어가 있는 모든 걸 그대로 들춰내고 온갖 증거들을 꺼내 놓으며 해명해도 이미 실추된 이미지가 회복될까 말까 할 수준이라는 건 우리 모두가 알고 있었다.

다만 수환 형은 고유준이 이 상황에 부담 느끼길 바라지 않는 것이다.

그리고 나와 멤버들도 그랬다. 다른 누가 뭐라든 나와 멤버들에게 가장 중요한 건 고유준의 마음이었다.

그러나 어디까지나 이건 크로노스 멤버들과 수환 형의 속마음일 뿐이었고, 당연히 크로노스를 이끌고 더 많은 미래를 봐야 할 회사 입장은 달랐다.

"으음……."

고유준의 입장문을 본 회사 사람들의 반응이 영 시원찮았다.

회사 사람들의 반응이 별로니 겨우 입장문을 내놓은 고유준은 사람들의 눈치를 보며 한층 더 시무룩해졌다. 그걸 뒤늦게 눈치챈 직원이 빠르게 표정을 누그러트리며 조심스럽게 말했다.

"좋아, 유준아. 열심히는 썼어! 열심히는."

열심히는 쓴 것 같은데 그다지 마음엔 들지 않는다는 말이었다.

그런데 사실 그럴 수밖에 없었다.

뭐든 좋으니까 억울한 만큼 반박하고 부정하라는 의도로 입장문을 제안했더니 고유준 이 녀석, 그냥 '모든 분들께 심려를 끼쳐 죄송합니다.'를 장문으로 늘려 쓴 반성문을 내놨다.

"근데 유준아, 우리는 너한테 사과문을 쓰라는 게 아니었잖아."

"네……."

솔직히 말하자면 나는 지금의 상황도, 고유준의 모습도 모두 너무 답답했다.

물론 사정을 알고 있으니 행동을 이해는 하지만 세상과 대중은 멤버들만큼 고유준이 차분히 마음의 준비를 하기를 기다려 주지 않는다.

이 순간에도 여론은 고유준을 가해자, 패륜아, 살인마로 만들어 가고 있었고 그걸 욕하다 못해 조롱거리 삼아 즐기고 있었다.

이런 상황이 장기화될수록 누명이 벗겨져도 이미지는 바뀌지 않을 가능성이 컸다.

"강하게 나가도 먹힐까 말까 한 상황에, 유준아."

직원은 걱정으로 가득한 말투로 고유준을 다그쳤다.

"왜 이렇게 유약하게 나오니……. 이러면 회사에서 도우려고 해도……."

그룹에 미안하다고 자신을 깎아내리며 탈퇴까지 들먹인 놈이 정작 일을 이렇게 만든 아버지에게는 매정하지 못한 이유는 하나뿐이었다.

'낳아 길러 준 아버지이기 때문에.'

어렸을 때부터 그 말을 얼마나 귀에 박히도록 듣고 두들겨 맞았으면 저러나, 그저 답답했다.

고유준은 사람들 앞에서 다시 한번 고개를 숙였다.

"죄송합니다. 최대한 빨리 고쳐 볼게요."

저 모습을 보는 것도 상당히 유쾌하지 않고.

모두가 할 말 많은 한숨만 푹푹 내쉬었다.

"하아, 고유준 진짜."

어쩔 수 없나. 난 은근슬쩍 날 바라보는 직원들을 둘러보며 자리에서 일어났다.

되도록 고유준에게 지금 이상 더 부담 주는 짓은 하고 싶지 않았는데. 그러나 콘서트를 앞둔 중요한 시기에 일어난 논란.

고유준의 멘탈은 물론이고 크로노스의 다음 활동을 위해서라도 이 상황이 계속되면 더는 안 될 것 같았다.

"고유준, 잠깐 이야기 좀 하자. 잠시 둘이서 이야기 좀 하고 올게요."

난 사람들에게 양해를 구한 뒤 고유준을 데리고 회의실을 나섰다.

내가 고유준에게 어떤 뉘앙스의 말을 할지 예상한 듯, 나가는 걸 붙잡거나 이유를 묻는 사람은 없었다.

YMM엔터테인먼트의 비상구.

내가 설마 데뷔하고도 이곳에 박혀 대화를 나누는 일이 생길 줄은 몰랐다.

나와 마주 선 고유준은 곧 울 것만 같았다.

"야, 네가 무슨 말 하려고 나 데리고 나왔는지는 진짜 알겠는데 나는-."

난 고개를 저으며 고유준의 어깨에 손을 턱 얹었다.

"유준아, 지금은 망설일 때가 아니다. 결단을 내려야 할 때지."

힘들어할 시간도 미안하지만 이제 없다. 안쓰러운 감정으로 계속 고유준을 내버려 두다간 정말 이 녀석 이미지가 나락으로 떨어지고서야 모든 게 해결될 테니까.

"정신 차려, 인마. 지금 네 눈엔 이게 단순한 해프닝으로 보여? 입 다물고 사과하면 넘어갈 상황 같아?"

아, 물론 이건 고유준도 머리로는 이미 충분히 이해하고 있는 부분이고.

"지금 네가 사회적으로 매장당하게 생겼잖아. 앞으로 꼬리표처럼 따라다닐 살인마 이미지 계속 데리고 가수 할래?"

난 정신 차리라는 뜻으로 고유준의 어깨를 흔들어 댔다.

다름 아닌 제 아버지가 고작 돈 몇 푼 때문에 고유준을 사회에서 매장시키려 했다. 고유준이 몇 년간 노력으로 쌓아 올린 것들은 생각조차 안 하고, 뒷일은 고민도 하지 않은 채.

진정 아들을 돈으로 보지 않으면 할 수 없는 짓이었다.

그러나 우린 아직 한참 더 갈 길이 남았고, 이딴 일로 이 자식이 주저앉는 꼴은 절대 못 본다.

"너 가수 계속 하고 싶잖아. 그러려고 힘든 연습생 시절을 버텨 온 거 아니야?"

"……."

난 대답도 하지 못하고 입술만 잘근거리는 고유준을 바라보다 결국 참던 말을 솔직하게 내뱉었다.

"사실 우리 콘서트 중단될 수도 있어."

"……뭐?"

계속 숙여져 있던 고유준의 고개가 번뜩 들렸다. 고유준은 몹시 놀란 듯 흔들리는 눈동자로 나에게 되물었다.

"여론이 그만큼 안 좋아. 그래서 난 솔직히 네가 최대한 빨리 결단을 내리고 이 일이 해결되길 원하고 있어."

고유준 논란이 시작되고부터 SNS 등에서 이 상황이 계속되면 크로노스의 단독 콘서트도 못 하게 되는 것 아니냐는 이야기가 나왔다.

이 일이 불필요하게 장기화된다면 그럴 수밖에 없다.

해결되지 않은 논란 속에서 콘서트를 열 수는 없으니까.

"그랬구나."

고유준이 눈꺼풀을 내리깔았다. 그 자세 그대로 한참이나 고민하더니 더 고개를 숙여 손으로 제 얼굴을 가렸다.

"콘서트가 중단되는 건……."

고유준이 앓는 소리를 냈다. 비단 자신 때문이라는 죄책감만이 아니고 고유준도 다른 멤버들과 함께 단독 콘서트를 꿈꾸며 달려오지 않았던가.

제 꿈과 노력이 한순간에 무너진다. 아무것도 아닌 고작 돈 때문에.

"서현우."

고유준이 고개를 들었다. 절망한 눈이 서글프게 날 바라보았다.

"나 너무 힘들다."

"알아."

"어떻게 해야 하지?"

이를 악물고 울음을 참는 고유준에게 해 줄 수 있는 일이 뭐가 있을까. 난 그냥 동료로서, 친구로서 모든 걸 위로하며 있는 힘껏 안아 주는 것뿐이었다.

"와엠 아, 아!!!!"

김고리가 신경질적으로 새로고침을 하다 결국 휴대폰을

집어 던졌다.

이번에는 좀 빨리 움직인다 했더니 역시 와엠은 와엠이다.

자칭 고유준의 아버지란 사람이 게시한 글로 인해 커뮤니티란 커뮤니티는 싹 다 뒤집어졌다.

분위기는 몹시 과열되었고 아직 소속사와 고유준의 입장문이 나오기도 전에 고유준은 가해자로 몰리며 과한 욕을 먹고 있었다.

그리고 이틀이 지났다.

어제는 소속사의 입장문이 올라왔고, 빠른 시일 내에 고유준의 입장문 또한 올린다고 했으나 아직 올라오지 않았다.

소속사의 전면 부인으로 고리들은 약간이나마 안도하긴 했지만 아직 아무것도 해결된 것이 없는 상황에서의 이틀은 매우 길게 느껴졌다.

심지어 이때를 노려 옳다구나 '#고유준_입장문_내놔', '#단독 콘서트_연기해' 등등의 해시태그들도 떠돌아다녀서 고리들의 조바심이 극에 달해 있었다.

-속터지네 진짜 아직 ㅇㅈ이 입장문 안나왔고 인정한 것도 아닌데 왜 타팬들이 튀어와서 ㅈㄹㅈㄹ들임;;

-ㅅㅂ이제 하루지났는데 입장문 안낸다고 인정한거라고 개솔치는 색들 와엠에서 다 고소때렸으면....

-고리들 우리 그냥 좀 기다려봐요 유준이가 그럴 애 아닌거 우리가

제일 잘 알잖아요....싸우지 말고 일단 조용히 기다려봅시다

　─아닠ㅋㅋㅋㅋ어이없네;;아직 이렇게 후드려패는건 좀 이르지않나…너네 가해자 욕하는 게 아니고 니네가 가해자가 될 수 있다는 점..입닥치고 좀 기다리라고 아

　─괜히 자극적인 워딩 쓰지 마세요 아니면 어쩌려고 그럼 진짜?

　─살인미수 가해자 옹호하는게 아니고 소속사에서 아니라 했으면 좀 믿고 기다리면 안됨? 왜케 성격들이 급함....

　'암만 말하면 뭐 해.'

　고리들이 말해 봤자 타인들에겐 순정으로 가득한 팬들의 피의 실드로밖엔 보이지 않을 텐데.

　"그러니까 와엠, 빨리 뭐라도 올리라고……."

　김고리는 고유준을 믿고 있다. 글을 쓴 사람은 친아버지가 맞는 듯하지만 분명 그 가족사에는 무슨 사정이 있을 거라고.

　고리들이 크로노스의 모든 걸 알고 있지는 않지만 적어도 고유준은 그런 일을 할 만한 사람이 아니다. 누구보다 사람을 좋아하고 배려하는 멤버였다.

　파랑새, YMM엔터테인먼트 공식 홈페이지 등등을 돌아가며 새로고침을 하고 있을 때 드디어 공홈에 고유준의 입장문이 떴다.

　"악!"

김고리가 비명을 지르며 입장문을 클릭했다.

안녕하세요. 고유준입니다.
우선 제 가정사에 대한 일로 심려를 끼친 모든 분께 죄송하다는 말씀 드립니다.
저는 이 글을 통해 지난날 아버지와 제 사이에 있었던 일들을 솔직하게 털어놓고 그에 대한 제 입장을 전하고자 합니다.
첫 번째로 N커뮤니티에 글을 게시한 사람은 제 아버지가 맞습니다.

고유준의 입장문은 꽤나 조심스러웠지만 구체적이었다.
어릴 적 가족들과 사이가 좋지 않았던 것은 맞지만 그건 아버지의 도박과 술주정 때문이었으며, 어머니와는 무척 사이가 좋았던 것.
집에 붙어 있지 못했던 건 맞지만 그건 아버지와 어머니의 다툼이 있었을 때고, 불량한 친구들과는 사귄 적 없으며, 함께 다니는 친구들은 갈 곳 없이 돌아다니는 자신을 챙겨 주던 착한 친구들이었다는 것.
아버지의 손찌검이 심해 부모님에 대한 반항은 생각도 못했고 어머니가 집을 나간 건 자신의 반항이 아닌 아버지의 폭력과 잦은 도박, 사기 행각으로 인해 피해자들이 몰려왔기 때문이라는 것.

식칼로 아버지를 찌른 건 자신이 아니고 집 나간 어머니를 돌아오게 하기 위해 아버지가 벌인 자해 행각의 흔적이었다는 것 등 커뮤니티에 게시된 글을 가져와 하나하나 착실히 반박해 나갔다.

또한 현재까지도 커뮤니티 글을 들먹이며 금전 요구를 받고 있는 사실도 알렸다.

꽤 구체적으로 해명한 고유준은 대응팀의 조언대로 밑에 자신이 아버지에게 받았던 협박 문자와 문자를 받았던 날 송금했던 이력들, 초등학생, 중학생 시절 아버지에게 맞아 치료를 받았던 진료 기록 등을 공개했다.

그리고 마지막으로 늦은 해명 죄송하다, 아버지와의 인연을 끊어 내는 일이 몹시 힘들어 망설였다며 불안해했을 고리들에게 미안하다는 말과 함께 입장문을 마무리했다.

증거는 턱없이 부족할 수 있지만 고유준 개인으로 할 수 있는 반박은 모두 한 입장문이었다. 고유준에게는 처음으로 아버지에게 맞서 본 것과 다름없는 일이었다.

고유준의 입장문은 곧바로 기사화되었다.

그에 맞춰 이수환이 이끄는 대응팀이 일을 하기 시작했다.

대응팀은 김 실장이 접대하고 뇌물을 쥐여 줬던 언론사를 이용해 여론을 뒤집는 기사를 보도시켰고 동시에 고유준 아버지에 대한 취하 없는 강경 고소 예고를 했다.

또한 이수환이 고유준과 함께 고유준 아버지를 담당했던

의사를 찾아가 자해가 맞다는 증거를 받아 내었고 그것 또한 언론사가 알아낸 것처럼 곧바로 기사화되었다.

고유준 아버지의 거짓말이 조금씩 드러나자 손바닥 뒤집 듯 순식간에 여론이 바뀌었다.

고유준은 할 수 있는 모든 감정을 쏟아부어 자신과 크로노 스를 지키려 애썼다.

회사에서 원하는 전적으로 입장문과 증거들을 제출했고 고소까지 결심했다.

여론의 분위기는 신기할 정도로 뒤집혔고 다음부터의 대 응은 수환 형을 필두로 회사에서 맡아 주었다.

수환 형이 대응팀의 키를 잡은 덕분인지 회사에서는 드물 게 공격적이고 빠른 행보를 보여 주었다.

무조건 아티스트 편에 서서 보호하는 모습과 억울함을 호 소하는 노력, 고유준의 아버지에 대한 단호한 입장 등이 '얼 마나 억울했으면 그 YMM이 저렇게까지 하겠냐.'라며 호의 적인 여론에 한층 힘을 실어 주었다.

조금씩 긍정적으로 바뀌어 가는 분위기, 콘서트를 하느니 마느니 기사까지 쏟아졌던 소문들은 언제 그랬냐는 듯 사라 졌다.

"오히려 회사에서 크게 떠들어 대고 있으니 유준이 이미지 도 서서히 회복되고 있어."

"정말 다행이네. 수환 형이랑 대응팀이 진짜 고생이다."

원래 YMM의 방식대로였다면 이슈가 잠잠해질 때까지 최대한 끌다가 관심이 사라졌을 때쯤 조용히 정리하는 편을 택했을 것이다.

아이돌 육성 경험이 적은 소속사, 팬덤 규모가 크고 화제성 있는 아티스트를 키워 본 이력이 거의 없는 소속사.

그래서 알뤼르와 크로노스의 멤버들과 팬들은 이런 논란 하나하나에 무척 취약했고, 어느 정도 체념한 부분도 있었다.

그런고로 이번 발 빠른 대응을 통해 YMM은 드물게 고리들에게서 호평을 듣고 있었다—물론 사전에 대처할 수 없었냐는 비난은 여전하다—.

그러나, 그렇게 어떻게든 잘 해결되어 가고 있는 바깥 상황과는 달리 정작 크로노스 내부의 분위기는 여전했다.

"현우, 유준이 밥은?"

"안 먹는대."

"또?"

진성이가 헛숨을 들이켜고 내쉬었다. 할 말 많아 보이는 입을 들썩이다 결국 아무 말도 꺼내지 못한 채 다물었다.

"……유준이 형 이러다 쓰러지면 어떡해요."

윤찬이의 말에 주한 형이 꼭 닫힌 고유준 방문을 바라보았다.

"그러게. 저렇게 밥을 안 먹으니 큰일이네."

사건이 터진 뒤로 웬만하면 동생들 앞에서 걱정을 꺼내 놓지 않던 주한 형인데 이것만큼은 차마 불안함을 숨기지 못했다.

멤버 모두의 시선이 고유준의 방으로 향했다.

"현우 너한테도 무슨 말 없었지? 유준이."

"없었어."

애초에 문도 안 열어 주고 나오지도 않으니 대화할 기회조차 얻지 못했다.

벌써 3일째였다.

"유준이 형……."

멤버 중 가장 잘 웃고 장난도 잘 치며 그룹의 분위기를 부드럽게 만들어 주던 놈이다.

고유준이 입장문을 쓴 이후 방에서 나오지 않자 멤버 모두가 거실에 모여 하루 온종일 걱정으로만 시간을 보내곤 했다.

"아버지랑 공개적으로 진흙탕에서 구르고 있는데 어떻게 멀쩡히 있을 수 있겠냐."

"입장문 쓰는 내내 죄책감 때문에 괴로워하더라."

그런 사람도 아버지라고, 아버지와의 공방전을 고유준은 많이 버거워했다.

며칠간 치렀던 수많은 선택 중 고유준 자신을 위한 건 아무것도 없었다.

고작 스무 살, 아직도 어린 녀석이 다 큰 어른도 힘들어하는 상황을 죽어 가며 버티고 있었다.

특히 고유준과 가장 장난을 많이 치던 진성이는 요즘 고유준 이야기만 나와도 걱정에 울먹거리는 지경까지 이르렀다.

난 또 울려고 하는 진성이를 달래며 말했다.

"일단 쓰러지지는 않은 것 같아. 인기척은 들리거든."

가끔 침대에서 일어나거나 움직이는 작은 소리로 그나마 '아직 살아는 있구나.' 하고 안심할 수 있었다.

하지만 밥을 굶고 있으니 저것도 이제 한계일 거다.

자연스럽게 그런 생각이 들었다.

'죽을 생각인가.'

죽음을 생각하는 데는 생각보다 큰 결심이 필요하지 않다.

사람은 생각보다 쉽게 마음이 취약해져서 편의점 삼각김 밥으로 한 끼 대충 해결하고 말아 버리는 것처럼 자연스럽게 죽는다.

고유준이 이대로 삶을 이어 가는 모든 행위에 의욕을 잃어 버린다면 우리는 어떻게 행동해야 옳은 걸까.

그때 누군가 내 팔을 툭툭 쳤다.

"현우."

"어?"

주한 형이 진성이 앞머리를 올리고 있던 실핀을 빼내더니 나한테 건넸다.

난 실핀을 힐끔 보고 주한 형에게 물었다.

"뭔데?"

"웬만하면 유준이 마음 다잡을 때까지 조용히 기다리는 게 좋다고 생각했는데 아닌 것 같다."

그래서 실핀은 뭔데.

내가 알아듣지 못하자 주한 형은 실핀을 벌려 일자로 펴더니 다시 나에게 건넸다.

"따고 들어가."

"어?"

참 뜬금없는 말이었지만 주한 형의 표정은 진지했다.

"제대로 살아 있는지 확인해서 끌고 나오는 게 차라리 낫겠어. 내가 잘못 판단하고 있었어."

주한 형은 제 손의 실핀을 빤히 바라보더니 내가 건네받기 전 일어나 고유준의 방으로 향했다.

"그래도 유준이는 나보다 너를 더 편하게 생각하니까 현우 네가 들어가서 대화라도 나눠 봐. 형은 괜히 들어갔다 역효과만 낼까 봐 좀 무섭네."

주한 형도 나처럼 이대로는 위험하다고 판단을 내린 걸까.

"알았어."

내가 고개를 끄덕였고 주한 형은 곧바로 고유준의 방문을 노크했다.

똑똑-.

"유준아."

멤버 모두가 더없이 심각한 표정으로 대답을 기다렸지만 이번에도 역시 고유준의 목소리는 들려오지 않았다.

"유준아, 괜찮은 거 맞아? 배는 안 고파?"

주한 형의 물음에도 또한 대답은 들려오지 않았고, 주한 형은 한숨을 푹 내쉬더니 주저 없이 무릎을 꿇고 앉아 잠긴 문을 따기 시작했다.

"준아, 좀 들어갈게."

최선을 다한 다정한 목소리, 그와 반대로 거칠게 실핀을 움직여 문을 따는 손.

"현우 형, 이거요!"

내가 그걸 지켜보고 있을 때 잠깐 사라졌던 윤찬이가 다가와 무언가를 쥐여 주었다.

물과 빵이었다.

"지금 간단히 먹을 만한 게 이것밖에 없어서……. 그래도 유준 형 이거라도 먹어야 해요."

걱정으로 가득한 윤찬이의 표정에 나는 빵과 물을 넘겨받으며 말했다.

"데리고 나올 거야."

타악-.

잠겼던 방문이 열렸다. 주한 형이 일어나 물러서며 들어가라는 듯 날 바라보았다.

난 고민 없이 문을 열고 방 안으로 들어섰다.

방 안은 빛 하나 들지 않고 컴컴했다.

아침만 되면 그렇게 커튼을 열어젖히며 날 깨우던 놈이 답답하지도 않은지.

"고유준."

난 방문을 닫고 불을 켜는 대신 커튼을 열었다. 밤이었지만 이런 도시에선 커튼을 여는 것만으로도 충분히 빛이 들어왔다.

난 침대에 틀어박혀 누운 채 대답이 없는 고유준에게로 가까이 갔다. 몸에 손을 올리니 그래도 숨은 쉬는 게, 잠이 들었을지언정 죽지는 않았다.

"야, 자냐?"

"……아니."

"문까지 따고 들어왔는데 얼굴은 좀 보고 대화하자."

내 말에 고유준은 의외로 쉽게 침대에서 일어났다. 숙인 고개를 들지는 않았지만 그래도 대화할 생각은 있는 모양이다.

난 고유준에게 물을 건네고 물었다.

"멤버들 잘 때라도 뭐 챙겨 먹고 했어?"

물음에 반응이 없는 걸 보면 진짜 아무것도 안 먹은 모양이었다.

"잠은 잤어?"

"……."

됐다. 어차피 대답 들으려고 물은 건 아니었다.

울고 있는 놈한테 무슨 대답을 들어.

난 저번에 그랬던 것처럼 그냥 곁에 앉아 있었다.

"……."

고유준 이야기만 꺼내면 훌쩍이는 진성이 마음을 좀 알 것 같기도 하고.

괜히 고유준의 감정이 전염된 건지, 저 모습에 과거의 나를 빗대어 보고 있는 건지 모르겠다만 굉장히 마음이 안 좋았다.

그렇게 꽤 오랜 시간이 흘렀다.

좀 진정된 듯한 고유준이 코 막힌 소리로 물었다.

"너는 왜 우냐?"

"안 울거든. 너 다 울 때까지 기다리고 있었잖아."

"……쪽팔리게 그걸 또 왜 봐."

"데리고 나가려고."

난 자리에서 일어나 고유준의 등을 쳤다.

"세수해, 인마. 나와서 이제 이야기 좀 나눠. 다들 너 걱정하고 있어."

일단 밝은 곳으로 나와서 대화를 좀 해 볼까 했더니 고유준이 먼저 뜬금없는 말을 꺼냈다.

"난 그래도 아버지 좋아했다."

"그러냐."

"어릴 때는 사이좋았어. 그래도."

난 도로 바닥에 앉았다. 방에서 나갈 생각은 아직 없는 모양이다. 어차피 나갈 생각이 없다면 강제로 끌어내진 않을 거다.

그냥 이야기나 들어 주자.

고유준의 말로는 가장 최근 교도소에 수감되기 전까지도 아버지가 잘해 주는 날이 간혹 있었던 모양이다.

그런 날이 있으니 더욱 아버지의 애정을 갈구하고 협박에도 단호히 대처하지 못했을 테지.

"이제 아버지랑 연락 끊을 생각인데, 좀 슬프네."

하지만 이겨 낼 방도도 없는 슬픔에 빠진 녀석에게 내가 해 줄 수 있는 말은 있다.

"견뎌."

해소되지 않는 슬픔은 견디는 것 외엔 방도가 없다. 견디다 보면 무뎌지고, 그럼 그걸 이겨 냈다고 칠 수 있었다.

"혼자서 견디지 말고 같이 견디자. 너 걱정하는 사람 천지니까."

"견딜게. 미안."

"미안하다는 소리 좀 그만해, 자식아."

내가 가볍게 웃음을 섞어 대답하자 고유준이 다시 울기 시작했다. 이쯤 되니 그냥 웃으며 짜증 날 정도로 장난치던 모습이 보고 싶을 지경이다.

난 울음이 그칠 때까지 열심히 달래 주고 방을 나왔다.

그 이후에도 고유준은 며칠간 방에서 나오지 않았는데 내가 열어 둔 커튼을 다시 닫지는 않았다.

문도 잠그지 않아서 멤버들이 걱정될 때마다 들어가 돌아
가며 고유준과 대화를 나누고 나오는 나날이 계속되었다.

　나와 주한 형은 여론 돌아가는 상황 조금과 팬들의 메시
지, 회사 전달 사항 등을 전하며 고유준의 상태를 살폈고 윤
찬이나 진성이는 들어 보니 상황과 전혀 상관없는 이야기들
을 하고 나온다고 했다.

　그러고 또 며칠 후.

　　크로노스 고유준 아빠입니다. 모든 사태에 대해 사과드립니다.

　돌아가는 상황의 심각성을 깨달은 고유준의 아버지가 처
음 글이 게시되었던 커뮤니티에 자필 사과문을 올렸다.

　소속사와 통화를 한 후 고소 합의를 위해 아버지 측에서
한발 뒤로 물러나 적은 사과문이었다.

　자기방어로 가득하긴 했지만 YMM 측에서 요구했던 게시글
의 진실 여부와 글을 올렸던 이유, 그간 논란이 되었던 사기,
도박 등의 이유로 수감되었던 사실 인정, 고유준과 크로노스,
소속사, 팬, 대중을 향한 사과 등이 제대로 들어 있었다.

　중소기획사라고 한들 최근 알뤼르와 크로노스로 막대한
매출을 내는 회사를 상대로 고소장을 받기는 싫었는지 상당
히 절박하게 적어 올리긴 했다만, 대응팀 수장은 우리 이수
환 실장님이다.

사과문은 사과문대로 받고 고소는 그대로 강경하게 진행했다.

고유준의 모든 누명이 벗겨지고 YMM에선 일을 대대적으로 보도했다.

한동안 살벌하게 돌아가던 파랑새 등의 SNS에선 '#유준아이제괜찮아', '#고유준기죽지마' 등등의 해시태그로 고리들이 그간의 울분을 해소시키며 고유준에게 메시지를 보내왔다.

그리고 드디어 고유준이 방에서 나왔다.

"미안해. 그리고 고맙다, 다들."

그간 멤버들의 노력이 효과가 있었던 걸까.

"나 아버지 사과문 봤어."

직접 커뮤니티에 들어가 사과문을 확인했다던 고유준은 씁쓸해 보였고 한편으론 꽤 후련해 보였다.

Chapter 15.
견뎌 내라 (2)

고유준의 아버지와 관련된 논란이 그럭저럭 해결되고 잠잠해져 갈 때쯤 우리는 드디어 우리들의 첫 단독 콘서트 회의에 들어갔다.

　"첫 콘서트이니만큼 1년 반 동안 이어졌던 첫 세계관을 컨셉으로 꾸며 볼 생각이야."

　직원은 컴퓨터 프로그램으로 만든 가상 무대 세트들을 여러 컨셉으로 보여 주었다.

　초안으로 약 일곱 개 정도의 세트였지만 각 앨범 콘셉트들을 연상케 하는 무대들이었다.

　"콘서트 이름은 환상령 커플링 곡 이름을 따서 〈flamma〉로."

　"오오, 불꽃? 전 완전 좋아요."

"우리 회사는 퍼레이드 되게 좋아해서 이번에도 THE 퍼레이드 막 이런 식으로 이름 지을 줄 알았는데."

고유준이 슬그머니 김 실장님 눈치를 보며 농담을 건네고 씨익 웃었다.

최근 고유준은 조금씩 멘탈을 회복하고 있는 중이다.

그렇게 사람을 좋아하던 녀석이 밖에 잘 나가지도 않고 멤버들에게 미안하다고 농담도 못 하더니 콘서트 진행 재개 이후 그나마 원래의 모습을 찾아갔다.

모두 매일 고유준을 끌어다 앉혀 대화하던 멤버들과 끝까지 우리 편에 서서 고유준을 믿어 준 고리들 덕분이었다.

아직 사건이 터진 후 김 실장님 폭언에 대해 사과를 받은 것 같지는 않지만 그럭저럭 김 실장님과도 대충 화해했다.

어쩌겠는가, 미우나 고우나 김 실장님은 우리 A&R 팀 수장이고 김 실장님에게 우리는 버릴 수 없는 회사의 메인 아티스트인데.

악감정이 있든 없든 복잡한 건 모른 척 넘어가기도 하는 게 사회생활이지 뭐.

어쨌든 김 실장님은 고유준 아버지 사건이 마무리되자 다시 우리를 위해 열심히 일하는 중이다.

"그리고 콘서트 전에 진성이, 현우, 주한이 솔로곡을 차례로 발표할 계획이야."

"오, 좋은데 아직 만들어진 것도 없는데요?"

주한 형이 맨 양손을 들어 보였다. 자신에겐 아직 완성된 곡이 전혀 없다는 뜻이었다.

그러자 기획팀 과장님은 다 안다는 듯 능글능글하게 말했다.

"진성이 곡 만들고 있는 거 다 알고 있지. 언제 완성돼?"

"어, 형아, 내 곡?"

"곧 완성되는데요. 도 PD님께서 좀 다듬어 주셔야 할 것 같고요. 제 곡은 만들 계획도 없습니다."

"설마…… 〈강주한〉을 정식 발표하신다는 말은 아니시죠? 오우, 제발."

고유준의 의심스러운 물음에 과장님은 기겁을 하며 고개를 저었다.

"설마. 제대로 다른 작곡가한테 의뢰해 뒀다. 그리고 현우는 이미 주한이가 만들어 준 솔로곡이 있지만 정식 발매곡도 아니고 무엇보다 콘서트에선 솔로로 퍼포먼스가 가능한 곡이 있어야 할 것 같거든."

"현우는 보컬도 보컬이지만 팬들이 퍼포먼스적인 부분에 대해 기대하는 바도 크니까."

저번에 수환 형에게 귀띔받았던 솔로곡 기획서를 떠올렸다. 세이렌이었던가 그랬었다.

"아무튼 현우랑 주한이 곡은 곧 들어올 거고 진성이 곡은 완성되는 대로 말해 줘. 솔로곡에 대해선 나중에 다시 한번 이야기해 보자."

"넵."

김 실장님과 수환 형의 수첩이 동시에 넘어갔다.

나머지는 콘서트 비주얼을 어떻게 할 것인지, 기획, 마케팅, 투자처, 섭외 등의 이야기와 세트리스트에 고정되어야하는 곡 등에 관한 이야기가 오갔다.

"그럼 콘서트 관련한 이야기는 일단 여기서 마무리하고, 현우 지금 촬영 중인 예능 이제 마지막 촬영만 남았지?"

"네."

내가 대답하자 김 실장님은 추임새를 넣듯 수첩의 어느 부분에 동그라미를 휘갈겼다.

"그거 촬영 끝나면 레나 씨랑 협업했던 앨범 공개될 거다. 원래 이미 나오고도 남았을 시기인데 앨범 재킷 디자인에 문제가 있어서 늦춰졌다고 하네."

"아, 넵."

"공개만 되지 그거 관련해서 따로 스케줄은 없고."

김 실장님의 수첩이 획획 넘어갔다.

"그리고 기뻐해라. 진짜 다행인 일이고 너희한텐 좋은 일, 너희 첫 광고 따냈다."

"……광고요?"

김 실장님은 수첩은 탁 닫더니 제 휴대폰을 꺼내 보여 주었다.

"여기다 여기. 틴타전자에서 이번에 새로 출시할 휴대폰.

슬림S레인보우8. 크로노스를 모델로 기용하기로 했어."

김 실장님이 깊게 한숨을 내쉬며 우릴 둘러보았다.

"한참 전에 정해진 거였고 모델 기용 조건으로 콘서트 투자도 부탁했는데 일 터져서 그대로 말아먹는 줄 알았다니까?"

"김 실장님, 애들한테 투자나 말아먹는다거나 그런 말은 안 하셔도 될 듯합니다만."

"왜 그래요, 이 실장님 또. 애들도 알 건 알아야지. 내가 얼마나 고생했는데, 몰라주면 서운하지. 너네, 이 실장님한테 정말 많이 고마워해야 해."

"김 실장님."

수환 형의 다그침에도 김 실장님은 끝까지 자신의 말을 이어 갔다.

"이 실장님이 유준이 아버지 사태 제대로 해결 안 해 줬으면 틴타전자 모델 건도 날아가고 최대 투자처도 날려서 진짜 콘서트 못 하게 될 뻔했으니까. 내가 틴타 쪽 아재들 비위 맞춘다고 얼마나 고생했는지 원."

"물론 감사하게 생각하고 있습니다. 김 실장님. 수환 형한테도요."

김 실장님의 말에 주한 형은 용케도 웃으면서 맞장구쳐 주었다.

그런데 김 실장님 원래 저 정도였던가?

물론 원래도 본인 위주로 이야기하는 게 컸고 멤버를 돈으로 보기는 했지만 그래도 어느 정도 선은 지키면서 말했던 것 같은데?

지금의 김 실장님은 뭐라고 표현해야 적당한지 모르겠지만 좀 직장인으로서 그나마 지키고 있던 정신적인 무언가를 내려놓은 느낌이었다.

'많이 힘들었나.'

하긴, 많이 힘들 만하긴 했다. 알뤼르 때부터 회사에 뭐 터지기만 하면 대표로 욕을 얻어먹는 사람이고 이번에도 상당한 테러를 당했다고 들었다.

고유준 아버지 사건 때도 문자고 팩스고 메일이고 전화고 할 것 없이 하루에도 수백 통 협박성 메시지가 왔다는 이야기를 누군가에게 들었다.

'어지간히 괴로웠나 보다. 앞으로 우리도 김 실장님을 대할 때 고생 좀 하겠다.' 하고 혼자 생각하고 있을 때였다.

"하아."

김 실장님이 큰 한숨을 쉬며 우릴 바라보았다.

굉장히 복잡하고 아쉽고 한편으로는 후련해 보이는 얼굴이었다.

"일단 오늘 회의는 끝났고, 너희들한테 말할 게 있다."

"왜 그러세요. 무섭게?"

"이번 사건을 겪으면서 대표님과 여러 번 논의해 봤는데. 데뷔 전부터 나를 봐 왔던 너희들이 이런 말을 들으면 어떤 생각이 들지는 모르겠지만."

"왜요. 왜요."

진성이가 불안한 얼굴로 물었다. 김 실장님이 어떤 사람이든 나와 주한 형을 제외한 멤버들에겐 처음 연습생으로 들어왔을 때부터 총괄적으로 책임지고 데뷔할 수 있도록 챙겨 준 고마운 사람이었다.

그런 김 실장님이 우리에게 미안한 말을 하려 하고 있으니.

"이번 일로 난 너희한테 신뢰를 잃은 반면, 대표님께서는 이 실장님의 대응 방식을 굉장히 마음에 들어 하셔서."

"어 음⋯⋯."

"사실 애초에 이 회사는 솔로 아티스트를 기준으로 체제가 짜여 있어서 아이돌 관리가 어려운 게 맞거든?"

아니 도대체 무슨 말을 하고 싶어서 이렇게 빌드업을 오래하는 거야.

구구절절 말하는 걸 봐선 자신은 더 이상 욕먹는 게 부담스러우니 아티스트 관리에서 발 빼겠다는 말을 하려고 각 잡는 행동으로 보이는데?

에이, 설마.

우리가 뭘 그렇게 잘못했다고, 설마 버리기야 하겠어.

그러나 의외로 평소 김 실장님은 항상 내가 걱정하는 것보다는 나은 결정을 하는 사람이었다.

"그래서 대표님께 제안드렸다. 차라리 아이돌만 관리하는 레이블을 따로 내는 게 좋을 것 같다고."

"……레이블이요?"

"기존 YMM 체제로는 너희들 관리가 안 돼. 객관적으로 내가 알아. 일 터졌을 때 대응도 잘 안 되고. 그래서 알뤼르랑 크로노스만 우선 YMM에서 새로 만들 레이블로 옮긴 뒤 너희만 관리하는 팀을 꾸릴 계획이야."

"헐? 진짜요?"

진성이의 말에 김 실장님이 퉁명스럽게 대답했다.

"그럼 진짜지 내가 너희 상대로 농담을 하겠냐? 알뤼르나 크로노스가 갈수록 규모도 커지고 있고. 분리하려면 지금 해야 빨리 체계가 잡히지."

뭐지? 일단 구체적인 이야기를 듣기 전이라 그런가 상당히 좋은 계획 같은데.

YMM이 아이돌 관리 못하는 거야 널리 알려져 있는 일이니 차라리 아이돌만 관리하는 팀이 생긴다면 긍정적인 기대를 걸어 볼 만하다.

사생부터 고유준 아버지 사건에 이르기까지 여러 사건이 짧은 기간 동안 우르르 터지자 드디어 우리 회사가 아이돌 그룹과 팬덤 관리의 필요성을 느낀 모양이다.

"어, 그래요? 저희 그럼 레이블 옮기는 건 확정이에요?"

주한 형이 묻자 김 실장님은 애매한 표정으로 망설이다 고개를 끄덕였다.

"레이블이 만들어지면 옮기는 건 확정이야. 물론 앨범 활동이나 지원은 지금보다 훨씬 좋아지면 좋아지지 불편할 건 없을 거고."

김 실장님이 손바닥으로 수환 형을 가리켰다.

"만약 레이블이 론칭된다면 대표이자 총괄은 이 실장님이 맡게 될 가능성이 높다. 그건 알아 두고."

"에엥?"

"헐?"

"수환 형이 대표님?"

"잠깐, 그럼 수환 형 매니저 일은……."

놀라서 중얼거리는 주한 형의 말에 수환 형은 담담히 대답했다.

"레이블 론칭이 실현되면 매니저보다는 총괄적으로 여러분들을 관리하게 되겠죠."

멤버들은 어째 크로노스의 소속이 바뀔지도 모르는 것보다 수환 형이 더 이상 매니저가 아니게 될지도 모른다는 것에 더 놀란 듯했다.

수환 형, 생각보다 훨씬 더 대표님한테 신뢰받는 사람이었나 보다.

나는 솔직히 아쉽긴 해도 되게 좋은 기회라고 생각한다.

매니저라면 태성 매니저님도 굉장히 잘해 주고 계신 데다 수환 형도 능력이 있는 만큼 좋은 대우를 받게 된 셈이고, 수환 형 산하의 레이블이라면 믿고 활동할 만하지 않나?

레이블이 생기기로 결정되었다고 해도 바로 무언가 변화가 생기지는 않았다.

모든 게 김 실장님의 충동적인 의견에서 비롯된 결정이었지만 어쨌든 이후의 행보는 신중해야만 했다.

수환 형이 태성 매니저님에게 완전히 메인 매니저 일을 일임하고 또 태성 매니저님을 대신할 매니저를 뽑고, 알뤼르와 크로노스를 관리한 인재들을 모아 체제를 만들기까진 짧지 않은 시간이 걸릴 터였다.

그러니 그 부분은 아직 신경 쓰지 말고 우린 우리가 해야 할 일을 계속해 나가면 된다.

크로노스 안무 연습실.

"우리 너무 안 맞는 거 아니냐?"

콘서트를 위해 오랜만에 〈퍼레이드〉를 맞춰 본 후 주한 형이 고개를 갸웃거리며 말했다.

그러자 진성이가 인상을 오만상 찌푸리며 허리에 양손을 올리고 심각하게 말했다.

"솔직히 가관이었어, 방금."

사실 멤버들 모두 〈퍼레이드〉 안무를 추면서도 '아, 이거 진성이한테 혼나겠는데.'라고 은연중에 생각했었다.

"아니 어떻게 이 안무를 잊어? 우리가 제일 많이 무대에 섰던 곡인데. 심지어 행사 때도 빠짐없이 했었고."

그러게나 말이다. 어떻게 이 곡의 안무를 잊어버릴 수 있을까.

천재 진성이는 도통 이 상황을 이해할 수 없는 모양이었다.

그러나 진성이를 제외한 우리가 조금의 변명을 해 보자면, 우린 휴가 기간 약 3개월 조금 넘는 시간 동안 〈퍼레이드〉는커녕 가장 최신곡인 〈환상령〉조차 제대로 연습한 적이 없었다.

물론 연습을 제대로 안 했다는 건 변명할 거리가 못 된다.

하지만 휴가 기간 동안 피로와 근육통, 각종 디스크로부터 자유롭지 못했던 몸을 위해 간단한 몸 풀기 이외의 연습이 금지되었었다.

휴일이 있어도 상시 연습실에서 상주하는 멤버들을 잘 아는 수환 형 특단의 조치였다.

거기다 휴가가 끝날 때쯤엔 고유준 아버지와 관련된 일로 모두 정신이 없었으니.

그런고로 지금 크로노스가 추는 〈퍼레이드〉는 개판이었다.

"이래 가지고 리믹스? 댄스 브레이크를 넣어? 쪽팔려서 안무 쌤한테도 못 보여 줘."

"그래도 몸은 다 기억하니까 좀만 연습하면 금방 원래대로, 하하! 미안. 미안함~."

고유준이 서둘러 진성이에게 사과하고 벌떡 일어났다.

"그럼 얼른 연습해 볼까! 안무 쌤 오시기 전까지 〈크로노스〉도 외워야 한다며?"

"참 나. 지금 〈퍼레이드〉조차 안 되는데 〈크로노스〉는 뭔 〈크로노스〉야! 〈퍼레이드〉부터 완벽해질 때까지 무한 반복이야! 다들 가서 안무 한번씩 보고 와, 얼른."

우린 서둘러 노트북으로 향해 예전에 녹화해 두었던 안무 영상을 확인했다.

우리 안무 완성도 상태가 심히 충격적이었던 진성이가 한층 더 호랑이 선생님이 되었다.

"아아, 보다 보니까 확실히 기억난다."

"이 부분 왜 틀렸을까요, 저는……. 연습실 오기 전에 한번 보고 올 걸 그랬어요."

"그러게, 내가 이렇게 완전히 까먹었을 줄은 생각도 못 했다."

물론 안무를 싹 다 까먹은 우리 잘못이라 입도 벙긋 못 하고 안무를 외우고 혼나며 혹독한 안무 연습에 잠자코 몰두했다.

다행히 안무는 몇 번 연습하니 금방 익숙해져 원래의 완성도로 돌아오기 시작했다. 다만 너무 휴식 기간이 길었던 탓에 쉽게 숨이 찬다는 게 문제긴 해도.

안무와 라이브 연습, 곡 리믹스, 콘서트 버전 안무와 연출, 동선 연습.

바쁜 일정으로 콘서트 연습에만 매달리다 보니 시간은 금방금방 흘러갔다.

차근차근 진행되어 가는 과정 속 나와 주한 형, 그리고 진성이는 연습 도중 솔로곡 발표를 위한 회의에 참여했다.

"순서는 팬들의 기대치도 있으니 우선 진성이, 주한이, 현우 순으로 공개하는 게 맞겠지?"

레이블로 분리되기 전까지는 여전히 우리와 함께할 김 실장님이 말했다.

"진성이 곡은 완성돼서 주한이한테 받았으니까 녹음, 후반 작업만 하면 되고 진성이 곡 발표될 즈음엔 주한이랑 현우 곡도 나올 거야."

"네!"

"진성이 솔로곡 한번 들어 볼래?"

퍽 다정한 말투로 말하는 김 실장님은 레이블 분리 이야기가 나오기 전보다 한층 편안한 얼굴이었다.

너무 후련한 표정이라 없던 서운함이 생길 지경이었다.

"주한이가 멜로디를 참 잘 뽑아. 댄스곡치고 템포가 느리다고 했던 건 도 PD님이 잘 수정해 주셨더라."

"네, 저는 들어 봤어요."

"틀 테니까 다들 잘 들어 봐요."

김 실장님이 눈짓하자, 해리 누나가 음악을 재생했다.

"오."

예상했던 대로 굉장한 비트를 찍어 놓은 댄스곡이었다.

지금까지 나온 솔로곡 중 고유준과 윤찬이도 댄스곡이지만 고유준이 딥하고 끈적한 거, 윤찬이가 트로피컬이라면 진성이는 청춘 그 자체의 열정으로 가득한 곡이었다.

주한 형이 진성이 솔로곡을 만드는 데 유독 시간이 걸렸는데 들어 보니 그럴 만했다.

진성이 특유의 분위기를 살려 주려고 주한 형 본래의 스타일을 상당히 죽여 놓았다.

완전히 주한 형 본인 취향에서 벗어나면서도 좋은 곡을 만들려 하니 완성되기까지 오래 걸릴 수밖에.

"너무 좋은데? 완전 내 스타일. 완전 댄스."

주한 형이 퀭한 눈으로 진성이에게 미소 지어 주었다.

"진성이 곡이니까. 댄스, 해야지. 너 솔로로 노래 부르는데 부담 안 가져도 되게 보컬 난이도를 많이 줄였어."

"감사합니다, 형님."

진성이는 건달처럼 주한 형에게 인사하더니 김 실장님을 바라보며 손을 들었다.

"실장님, 저 제안드릴 게 있는데요."

"어어, 뭐든 말해 봐. 솔로곡 관련해서?"

"네. 이번 곡 제 솔로곡이기도 하고 완전 댄스 위주로 뽑힌 곡이니까 저번처럼 제가 안무 직접 짜도 돼요?"

진성이의 말에 가뜩이나 콘서트 예산으로 골머리를 앓고 있었을 김 실장님의 안색이 티 나게 환해졌다.

"그럴래? 그렇게 해도 돼. 어우, 너무 좋은 생각인걸. 진성이는 안무 잘 짜니까."

"아싸!"

"혹시 도움 필요하면 언제든 말하고. 안무 선생님도 계시니까."

난 어떻게든 예산을 아끼려는 김 실장님에게 물었다.

"실장님, 진성이도 솔로곡 스페셜 영상 찍나요?"

당연스럽게도 김 실장님의 '넌 눈치도 없냐?'스러운 눈빛이 돌아왔다.

"음, 근데 윤찬이 때는 상황이 상황이었어서. 실력 논란을 타파할 겸 찍었던 거라, 글쎄. 일단 계획은 없어."

"그래도 모처럼 보는 재미가 있는 댄스곡에 댄스 멤버인데 가능하다면 제작하는 편이 좋지 않을까요?"

주한 형이 말했다.

"〈비갠 뒤 어게인〉 때도 해외에서 가장 뷰수가 많이 나온 건 진성이랑 현우 댄스 영상이었고. 이 기회에 크로노스 메인 댄서 실력이 이 정도다 보여 주는 것도 괜찮을 듯한데요."

난 주한 형의 말에 동조하며 은근슬쩍 의견을 제안했다.

"크게 스케일 내지 않아도 진성이는 혼자 화면 꽉 채울 줄 아는 애니까 빈 스튜디오에 댄서랑 진성이, 조명만 준비해 줘도 충분히 멋진 그림이 나올 거예요. 실장님, 어떻게 안 될까요?"

"형들, 나를 위해 그렇게까지……. 나 눈물 나올 것 같아. 어쩌지?"

기왕 레이블이 분리돼서 나가게 된 거, 나가기 전에 예산은 확실히 뽑아먹고 나가자는 게 우리 주한 형의 생각이라서.

"으음."

김 실장님이 떨떠름한 반응을 보였다.

어차피 레이블을 분리해서 나가면 예산도 같이 분리할 애들인데 여기서 기획 팀 예산을 더 써서 투자할 것인가 말 것인가. 대강 그런 고민을 하는 듯했다.

그러나 결국 김 실장님은 우리의 제안을 수락했다.

"너희 말이 맞긴 하네. 찍자, 그럼."

어차피 진성이 덕분에 안무 제작 비용도 아꼈고 이러나저러나 크로노스가 YMM의 메인 아티스트다.

"……아이, 그래! 내가 너희한테 투자 안 하면 누구한테 투자하겠냐. 하고 싶은 거 해."

김 실장님은 반쯤 내려놓은 목소리로 말하더니 다시 고민에 빠졌다.

그러더니 말했다.

"이 기회에 그냥 다 찍어. 주한이, 현우 곡 나오면 촬영하고 유준이도 기회 봐서 촬영하지 뭐."

"오오, 역시 실장님. 너무 멋지십니다."

주한 형이 영혼 없이 엄지를 추켜세우며 한껏 김 실장님의 기분을 좋게 만들어 주었다.

멤버 모두의 솔로곡 스페셜 영상 촬영을 쟁취해 낸 주한 형은 이날 하루 종일 싱글벙글이었다.

Chapter 15.
견뎌 내라 (3)

그로부터 2주가 흘렀다.

진성이의 솔로곡은 작업이 완전히 끝나고 얼마 지나지 않아 곧바로 크로노스 공식 너튜브 채널과 팬 카페에 공개되었다.

몹시 뜨거운 관심을 받으며 진성이는 서둘러 안무가 선생님과 안무 제작에 들어갔고, 타이밍 좋게 나와 주한 형의 솔로곡 가이드가 들어왔다.

〈뉴비공대〉 마지막 촬영을 위해 이동하며 내 새로운 솔로곡 〈세이렌〉의 가사를 여유 없이 달달 외우던 차 태성 매니저님이 뜬금없는 일정을 알려 주었다.

"스케줄이요?"

"네."

"'이든'으로요?"

'이든'은 내 예명으로, 레나 선배님과 협업한 곡을 얼굴 없는 가수로 발매하기 위해 급하게 만든 이름이었다.

레나 선배님은 곡 제작 능력뿐만 아니라 뭐든 무척 수완이 좋으신 분이라 자신의 이름을 내걸고 나온 신인 가수 '이든'을 순식간에 화제의 수수께끼 인물로 만들어 놓았다.

많은 대중이 이든의 정체를 궁금해했고 몇몇 사람들은 이든의 목소리와 체형 등을 고려해 연예계 인물들을 대조해 보기도 했다.

레나 선배님은 이든을 신인 가수라고 (말로만)우겼지만 항상 의미심장하게 말하시는 터라 경력 가수인지 신인인지 긴가민가하다는 반응이 많았다.

어찌 보면 당연하겠지만 나도 이든 후보군 중에 한 명으로 꼽히고 있다.

아무튼 이런 들킬 수도 있는 아슬아슬한 상황에서 무려 '이든'으로 스케줄이 들어왔고 레나 선배님은 그걸 받아들이셨다고 했다.

"어떻게요?"

내 물음에 태성 매니저님은 백미러로 힐끔 날 바라보더니 금세 시선을 바로 했다.

"블라인드나 복면을 고려해 보신다고 합니다. 그리고 말투는 어떻게든 바꿔 보라고 전하셨습니다."

"말투?"

내 되물음에 태성 매니저님은 짧게, 그러나 진지하게 고민하더니 특유의 무뚝뚝한 표정과 말투로 말했다.

"사투리라도 쓰시겠습니까?"

"사투리요?"

"……아."

되물음에 무언가 깨달음을 얻었다는 듯 태성 매니저님이 도리어 입을 다물었다.

뭐지, 왜, 그 표정 뭔데.

아무 말도 안 했다는 듯 그저 운전을 계속하는 저 무뚝뚝한 얼굴에서 왠지 모르게 나에 대한 체념을 느꼈다.

"……방금 그 '아' 뭐예요, 매니저님."

"아닙니다."

"분명히 서현우는 사투리도 어색할 거라고 생각한 거죠?"

태성 매니저님이 백미러를 통해 날 바라보았다.

"일단 사투리도 일종의 연기라고 보고 있었습니다. 기분 나쁘셨다면 죄송합니다."

"매니저님은 악의가 없어서 더 슬픈 거 알아요?"

매니저님은 내 말에 웃지도 않고 고개를 끄덕이며 정면으로 시선을 바로 했다.

"고치겠습니다."

"아, 아니, 에이, 농담이었어요. 그런데 그것보다 편하게 형이라고 불러도 돼요?"

"네."

"형이라고 부른 거 제가 처음 아니에요?"

가볍게 말을 건네자 어김없이 '맞습니다.' 하고 진지한 대답이 떨어졌다.

태성 형의 첫 직장이자 직전까지 다녔던 직장은 상하 관계가 상당히 엄격한 곳이었다고 한다.

그래서 그런지 태성 형은 수환 형보다 훨씬 진지하고 농담을 하지 않았다.

웃음 허들이 높은 모양이라 진성이랑 고유준이 대놓고 웃기려 애써도 잘 웃지 않고 수환 형을 데려와 그 모습을 보여 주거나 철저한 비즈니스 목적으로 동영상을 찍어 파랑새에 올리는 게 끝이었다.

아무래도 거리감이 있다 보니 최근 수환 형이 레이블 대표가 되기로 한 뒤부터 멤버—특히 고유준과 진성이—들은 태성 형과 얼른 친해지려 마주치기만 하면 말을 거는 게 하나의 유행이자 습관이 되었다.

예전 수환 형에게 그랬던 것처럼.

"아무튼 사투리 의견 내주셔서 감사해요, 형. 아, 형도 말씀 편하게 해 주세요."

'이렇게 말하면 수환 형처럼 거절하겠지.' 하면서, 알면서도 그냥 가볍게 해 본 말이었는데.

"그래."

의외로 태성 형은 곧바로 편하게 말을 놓고 대답해 주었다.

말수가 적어서 그렇지 의외로 낯가림은 없으신 모양이다.

태성 형은 저음의 무뚝뚝한 말투로 말했다.

"오늘 〈뉴비공대〉 촬영 후에 회식이 잡혀 있는데 불편하면 언제든 말해. 콘서트 핑계로 나오면 되니까."

"가능해요?"

태성 형이 고개를 끄덕였다.

"미리 말씀드려 놨어. 콘서트 관련 스케줄 때문에 중간에 빠질 수도 있다고."

"감사합니다."

처음 들어왔을 때나 지금이나 다른 건 몰라도 멤버 컨디션 하나는 기가 막히게 챙겨 주는 매니저님이다.

어느덧 차는 〈뉴비공대〉 스튜디오에 도착했고 곧 촬영이 시작되었다.

♫

"이번이 마지막 도전이에요, 형님들."

6시간 동안의 레이드 실패, 그리고 마지막 기회.

내가 분위기를 잡으며 말하자 자포자기한 출연진의 눈에

다시 한번 비장함이 맴돌았다.

"되든 안 되든 저희는 최선을 다했어요."

"맞아! 얘들아, 우리 처음 이거 시작했을 때 생각해 봐. 여기까지 온 것만 해도 거의 인간 승리 아니냐?"

"끝까지 열심히 하자고. 시청자 여러분들한테 포기하지 않고 노력했다는 것만 보여 주자, 우리."

"포기하지 맙시다!"

몇 번이고 몇 번이고 도전했다. 그러나 계속 마지막 페이즈(구간)에서 실패했다.

극악의 난이도에 마지막 구간 전에도 실수가 났다 하면 바로 전멸해 버리기 일쑤, 당연하지만 이미 서버 최초 클리어는 물 건너간 지 오래됐다.

클리어 가까이 갔고 딜도 좋았지만 문제는 기믹 파훼에서 꼭 한두 명씩 실수를 해 재도전하곤 했다.

이제 와선 클리어보단 차라리 열정, 노력, 과정에 중점을 두고 진행하는 중이었다.

"다들 잘하고 있어요. 우리 마지막인데 서로 복돋아 주면서 한번 해 봅시다. 다들 진짜 이번에 너무 잘했어. 마지막이 좀 아쉬웠지."

불만과 짜증, 남 탓 등을 일삼다가 몇 회분의 방영이 진행된 직후 예상했던 대로 죽도록 욕을 먹었던 성진 형은 태도를 싹 바꿔 팀원 개개인을 칭찬하기 시작했다.

나도 거기에 맞춰서 맞장구치며 어떻게든 끝까지 좋은 분위기를 내려고 노력하고 있기는 한데…….

솔직히 말하자면 좀 답답한 게 사실이다.

'아니 이걸 왜 못 피하지?' 싶은 상황이 몇 번이나 계속되고 있으니 쓸데없는 데서 클리어 시간을 늘리고 있다는 생각을 버릴 수가 없다.

마지막인데 그래도 전 회 차보다는 더 오래 살아남아야지.

어차피 이번에도 실수가 안 날 리는 없고, 누군가는 죽을 거다.

차라리 부활 횟수를 좀 줄이고 마나를 아껴서 딜을 넣는다면?

"깔끔하게 클리어하고 회식합시다, 우리!"

"예!"

"좋습니다!"

다들 으쌰으쌰 하며 열정을 불태우는 동안 난 스킬창을 열었다.

팀원 모두 하도 많이 다치고 죽어서 어쩔 수 없이 최대한 많은 즉발힐(스킬 발동 시간 없이 바로 효과가 적용되는 힐)과 일반힐, 부활 스킬로 가득 채웠던 스킬창을 뒤엎고 다시 세팅했다.

힐, 부활 스킬 몇 개와 힐러에게 몇 없는 공격 스킬을 추가했다.

난 원래 힐러가 아니고 딜러였다.

"다들 준비되셨습니까!"

"네!"

모두의 대답 뒤로 내가 슬쩍 말했다.

"이번엔 저도 딜합니다."

"오오~ 우리 힐러님, 지팡이딜 갑니까!"

"네, 마지막이니만큼 실수에는 힐 없어요, 형님들. 다들 물약 잘 드시고, 체력 관리 잘해 주세요. 음식(음식 아이템을 먹으면 공격, 방어에 유리한 버프가 생김) 버프 확인하시고."

"확인했습니다!"

"시작할게요!"

진짜 마지막이다!

이거 끝나면 난 진짜 한동안 게임 쳐다도 안 봐야지.

숨을 크게 들이켜고 '게임 시작' 버튼을 눌렀다.

"아! 여기서 죽네! 아악! 하, 참 나."

"형, 그래도 오늘은 맨날 죽던 곳 잘 피했잖아요. 잘했어요."

죽은 자들끼리 잘했네, 고생했네 훈훈한 대화들이 오갔다.

짜증 나, 어이없어.

그게 지금 머리 싸매면서 열심히 보스와 싸우고 있는 입장에선 그렇게 얄미울 수가 없었다.

"어어, 지금 탱커 형 죽으시면 안 되는데. 부활해 주세요."

난 탱커를 부활시키고 황급히 그의 체력을 채워 주었다.

탱커는 죽은 자들과의 대화를 멈추고 다시 게임에 집중하기 시작했다.

"여러분, 조금 있다가 각성기(필살기) 쓸 테니까 죽었어도 게임에 집중해 주세요."

힐러의 각성기는 죽은 팀원 전체 부활이다.

그제야 모든 죽은 팀원들이 조용해졌다.

오른쪽, 오른쪽, 왼쪽, 왼쪽, 밖으로, 밖으로, 안으로, 안으로.

사전에 수능 보듯 달달 외워 두었던 수많은 기믹들을 피하는 동안 많은 팀원들이 죽어 나갔다.

정신을 차려 보니 남아 있는 사람은 탱커 둘과 힐러 둘, 총 네 명.

그리고 방금.

"아아아악! 이걸 어떻게 피하냐고!"

보스의 광역 공격을 마지막으로 필드의 생존자는 오로지 나 하나뿐이었다.

허!

마지막에 게임 분량을 내가 싹 다 가져가겠네. 빌어먹을.

"뭔가 현우 상당히 다크해졌어, 지금."

"지금 중요한 거 한다. 쉿쉿, 조용히 해."

"이게 바로 말로만 듣던 힐러 흑화?"

흑화? 하하, 아니다.

아예 파티가 망해 버리자 오히려 마음이 매우 편해졌다.

이 레이드에 살아 있는 사람은 나뿐.

어떤 플레이를 하든 내 마음대로인 것이다.

"저 부활 키 이제 안 써요. 아까도 말씀드리긴 했는데 마나가 부족할 것 같아서 좀 있다 각성기 쓸 때 한번에 부활시킬게요."

"네!"

"대장님 하고 싶은 대로 다 하십쇼!"

그때부터 난 힐러의 본분을 망각하고 딜하기 시작했다.

신기하게 어떤 게임을 하든 힐러의 딜 스킬 중엔 '이거 사기 아닌가?' 싶을 정도로 딜이 강한 스킬이 꼭 하나씩은 있다.

〈원아워즈〉도 그랬다.

힐러의 공격 스킬 중 발동 시간은 길어도 딜이 가장 잘 나오는 스킬이 딱 하나 있었다.

난 이리저리 보스의 공격을 피해 다니며 그 스킬만 타이밍 맞춰 사용했다.

"와, 현우 저걸 혼자 해?"

"나 이거 힐러 혼자 하는 거 처음 봐. 너튜브 영상 되게 많이 봤는데."

"잘한다, 진짜. 괜히 공대장이 아니네."

틈틈이 나에게 힐하면서 탱커도 하고 딜러도 했다.

"하하하!"

"현우야, 정신 놓지 마!"

살아남은 게 나 하나뿐이니 힐딜탱 혼자 하는 게 당연했다.

당연히 힐러 혼자서 엔드 콘텐츠 보스의 체력을 다 깎는 건 불가능했지만 적어도 바로 다음 공격, 매번 팀원들이 피하지 못하고 죽었던 광범위 폭주 공격만 혼자 피하고 그다음 모두를 부활시키면 클리어가 좀 더 쉬울 수도.

"각성기를 힐러가 썼어야 했네. 딜러가 아니고."

〈원아워즈〉의 각성기와 같은 파티 필살기는 파티원 모두를 통틀어 딱 한번만 쓸 수 있어서 딜이 제일 많이 꽂히는 딜러들이 사용하는 경우가 많다.

그게 보편적이지, 힐러가 사용한다면 그 파티는 망한 거나 다름없는 건데.

"아, 으, 마나가."

"현우 할 수 있다!"

"잘한다, 막내! 공대장! 서 대장!"

"좀만 더!"

"……."

아니 근데!

문득 왜 내가 혼자서 이러고 있어야 하나 갑자기 서러움이 복받쳤다.

왜 내가!

당연히 마지막까지 남는다면 그건 나라고 생각해야 하는 이 절망적인 상황이 너무 슬프다!

난 거의 반사적으로 움직이는 손에 내 아바타를 맡기고 열심히 탱힐딜을 했다.

근데 사실 결국 이렇게 될 줄 알고 있었다!

이렇게 열심히 했는데도 마지막까지 분량 없기만 해 봐!

그렇게 열심히 버티며 보스의 체력을 깎고 팀원들이 그렇게 어려워하던 기믹을 혼자서 처리한 후 후련한 마음으로 각성기 버튼을 눌렀다.

"됐다하!"

내 캐릭터를 중심으로 화려한 이펙트와 함께 모든 팀원들이 부활했다.

"진짜 현우가 다 했다, 정말로."

"대단하다, 너. 역시 고인물은 다르긴 다르네."

"현우 고마워. 근데 이제 다들 정신 차리고 합시다. 부활했으니 클리어해야죠."

팀원들은 일제히 나를 칭찬하며 보스의 체력을 깎기 시작했다.

여덟 명이서 딜을 넣고 있으니 보스의 체력은 빠르게 녹기 시작했다.

"여기서 모두 가운데로 모여요. 공략 영상 봤죠? 보스 위로 올라가면 정했던 자리로 산개!"

"네!"

가장 힘든 공격은 나 혼자서 깼다. 남은 건 큰 손가락 테크닉은 필요 없지만 머리로 잘 기억하고 한 몸처럼 움직여야 하는 공격뿐이었다.

보스의 기믹들이 하나하나 넘어가기 시작했다.

"성진 형! 성진 형 뒤로!"

"아! 나 낙사했어!"

"괜찮아요. 한 명 빠져도 깰 수 있어요. 성진 형 낙사는 부활 안 돼요."

"어어! 미안!"

앞으로 조금, 조금만 더!

보스의 연이은 공격으로 시야 확보마저 잘 안 되는 상황에 기적처럼 살아남은 팀원들이 일사불란하게 움직였다.

딜도 잘 나오고 비록 한 명 죽었지만 기믹도 잘 피하고.

'……이러다 진짜 클리어하는 거 아니야?'

보스의 체력이 정말 얼마 남지 않았다.

난 광역힐 스킬을 한번 사용하곤 계속해서 공격 스킬을 사용했다.

"진짜 얼마 안 남았어요! 조금만 더요!"

내가 설마 이 팀원으로 이렇게 몰입해서 게임할 수 있을 거라곤 생각 못 했는데.

여기저기서 흥분한 팀원들의 목소리가 들려왔다.

아슬아슬하게 버티던 보스는 내 마지막 공격으로 괴성을 지르며 쓰러졌고 엔딩 컷 신이 화면을 가득 채웠다.

"깼다!"

"와아악!"

"와, 진짜, 와…….""

여기저기서 감격해 마지않은 목소리들이 들려왔고 출연진 일부는 일어나 환호성을 질러 댔다.

그리고 나는.

"……진짜 깼어."

방송 촬영 중에, 그것도 고작 게임 클리어했다고 지금까지의 수많은 고생과 팀원과의 다툼이 주마등처럼 스쳐 지나가며 갑자기 눈물이 뚝 하고 떨어졌다.

진짜 불가능한 걸 깼다는 쾌감과 이제 끝났다는 후련함, 그리고 개고생의 여파가 이렇게나 크다.

"현우 울어?"

"왜 울어, 우리 막내? 잘해 놓고 왜 울어?"

너네들 때문에요, 이 자식들아…….

딱히 친하지도 않은 출연진이 '어린것, 거참 귀엽네.' 하는 뉘앙스로 나에게 말을 걸어왔다.

"현우야, 왜 울어? 기분 좋아? 힘들었어서 그래?"

지혁 형이 와서 역시나 날 끌어안았다.

이 형은 아무리 생각해도 애정이 넘치는 사람 같다.

그러나 내 개고생의 일부엔 지혁 형도 포함이라 지혁 형의 포옹 따윈 하등 위로가 되지 않았다.

"아, 아니 나는…… 진짜 깰 수 있을지 몰랐어……."

나도 몰랐는데 나 상당히 힘들었던 모양이다, 자꾸 눈물이 나는 걸 보면.

그 와중에 분량 못 뽑으면 울기라도 하라던 주한 형의 말을 지킬 수 있어 다행이라는 생각도 했다.

"다들, 흡…… 고생하셨어요."

서둘러 눈물을 닦으며 팀원들을 둘러봤다. 그러자 저 구석에서 이미향 대표님이 날 흐뭇하게 쳐다보며 울고 계셨다.

"어?"

……대표님은 왜 우세요?

내 의문스러운 소리에 팀원들의 고개가 전부 대표님을 향해 돌아가고, 그게 시작이었다.

곧 팀원 모두가 날 중심으로 부둥켜안고 꺽꺽 울기 시작했다.

'와, 허 참.'

난 그 모습을 보며 놀랍도록 빠르게 눈물이 멈췄다.

"수고하셨습니다!"

그렇게 감정적으로, 인간적으로 안 맞아서 예민하게 굴던 사람들이 유종의 미는 거두려는 듯 촬영이 끝나자마자 하하 호호 화목한 분위기를 유도해 댔다.

물론 그들의 틈엔 나도 껴 있었다. 난 열심히 웃으며 화기 애애함에 녹아들었고 자연스럽게 회식 자리에도 참여하게 되었다.

"막내야, 술은 잘해?"

"현우, 이제 스물이지? 한참 달릴 때네. 잘 말아? 막내가 한번 돌려."

"아, 넵."

술을 못해도 이런 자리에서 술을 못한다고 대놓고 말하지는 않는다.

폭탄주라면 예전 트레이너로 일할 때도 만든 적 있어서 만드는 것 자체만으로는 문제가 없었다. 마셔야 하는 게 문제지.

걱정하는 내 곁으로 지혁 형이 다가왔다.

"현우, 술 못 마시지 않나?"

"응, 잘 못 마셔."

"못 마시는 정도가 아니던데. 너 술 못 마시는 거 되게 유명하더라~. 너는 마시지 마."

지혁 형이 보란 듯이 내 몫의 술잔을 멀리 치워 버렸다.

"오늘 콘서트 관련 스케줄도 있다고 하지 않았어?"

"어어? 현우, 술 못 마셔? 에이, 그럼 마시지 마. 스케줄도 있으면 더 권하기 좀 그렇지."

"형님들 눈치 본다고 말 못하고 있었어? 우리 못 마시는 사람한테 술 권하고 그러는 꼰대들 아니야."

사람들의 눈치를 보는 나와는 달리 지혁 형은 부러우리만치 분위기 좋게 싫은 것을 거절하는 방법을 아는 사람이었다.

지혁 형이 싱글벙글 웃으면서 내가 술 못 마신다 언질하자 사람들이 너도나도 마시지 말라며 손사래를 쳐 댔다.

"감사합니다. 스케줄이 있어서요."

"다음에 다른 방송에서 만나면 그때 한잔하지 뭐."

"그나저나 크로노스는 이번이 첫 콘서트고 하이텐션은 벌써 해외도 다니고 하지 않아?"

"대단하다 대단해. 나도 얼굴만 잘생겼으면 아이돌이나 할 텐데."

"형님, 아이돌은 누구나 합니까? 요즘 아이돌 애들은 얼굴만 잘난 게 아니드만요. 노래도 잘 불러야 하고 춤도 잘 춰야 살아남습니다. 그렇지, 지혁아?"

"그러냐?"

게임할 때와는 달리 모두가 좋은 분위기 속에서 회식을 이어 나갔다.

시간이 흘러 회식 참여자 중 드문드문 취기가 도는 사람들이 생겨나기 시작하고, 이제 슬슬 일어날 타이밍을 재고 있을 때였다.

"형님, 요즘에도 레나 노래 듣습니까?"

"레나 노래는 평생 들어야지. 딱 내가 좋아하는 느낌의 곡만 어떻게 알고 딱딱 내놓드라? 왜?"

"레나가 최근에 가수 프로듀싱 한 거 아십니까?"

세상에, 여기서 이 이야기를 듣게 될 줄이야.

난 최대한 아무렇지 않게 시선을 고기로 처박고 두 사람의 대화에 집중했다.

"알지. 내가 레나 팬인데 모를 리가 있냐? 아직 노래 들어보지는 않았다만. 어때, 좋아?"

"엄청 좋아요. 목소리도 좋고 노래 자체야 레나가 만든 곡이니까 당연히 좋고요. 안 그래도 한번 추천드리려고 말 꺼낸 거예요."

"그렇게 좋아?"

"좋아요. 목소리 절절함이 아주! 레나가 거의 남자 버전 레나를 만들어 내놨던데요?"

"제가 봤을 때는 이든이라는 가수, 신인은 아닌 것 같아요. 너무 능숙하던데요?"

"진짜 신기해. 어떻게 가수들은 그런 목소리를 내지? 듣고 소름 돋았잖아."

"안 그래도 반응 되게 좋던데. 음원 사이트에서도 죄다 1위 하고요. 레나 프로듀스니까 당연하긴 하지만."

"그 친구 얼굴, 아무도 모르지? 목소리부터 잘생겼다고 난리더만."

그게 나인 줄 모르고 하는 칭찬들에 괜히 속이 간지러웠다. 사이다를 마시며 슬쩍 태성 형을 바라보자 태성 형도 출연진의 대화에 집중하고 있었다.

"이든 그 사람, 신인 아니라던데요?"

지혁 형이 말했다. 아니 그걸 어떻게 아는 거야? 고개를 획 돌려 형을 바라보았다. 지혁 형은 온정우 형을 보며 말했다.

"저번에 저희 곡 작업해 주신 디렉터가 레나 선배님 팀 소속이거든요. 물어보니까 신인 아니래요. 누군지까지는 말 안 해 주긴 했지만."

……이런 식으로 누군가 소문을 퍼트리니 알게 모르게 정체가 유출되고 하는 거다.

비밀로 하라니까 도대체 누가?

"하아."

"현우 왜? 고기 굽는 거 힘들어? 내가 구울까?"

"아니 아니, 배불러서. 계속 얘기해."

그래도 지혁 형은 이든의 정체가 나인 것까지는 모르는 모양이었다.

난 아예 대화 자체에 관심이 없는 척 삼겹살을 뒤집었다.

"근데 저, 뭔가. 음."

지혁 형이 잠시 뭔가를 생각하다 말했다.

"이든 목소리, 어디서 들어 본 것 같아요. 되게 익숙한데 누군지를 모르겠네."

더는 불안해서 듣고 있기가 힘들었다. 난 집게를 내려놓고 태성 형에게 눈짓했다.

　그러자 태성 형은 나를 빤히 바라보더니 손에 쥐고 있던 물 잔을 내려놓고 일어났다.

　"실례하겠습니다. 죄송합니다만 이제 슬슬 일어나 봐야 할 것 같습니다. 회사에서 얼른 들어오라고 전화가."

　태성 형의 연기도 나만큼이나 어색했다. 그러나 태성 형은 원래 말투에 억양이 없어 나 외엔 아무도 저게 연기라고 생각하지 못했다.

　"어어, 그래? 고생했어요. 태성 씨, 현우도."

　"아닙니다. 지금까지 잘 돌봐 주셔서 감사했습니다."

　"역시 예의가 발라. 다음에 다른 방송으로 다시 봐요. 들어가요!"

　회식 자리에서 나와 곧바로 연습실로 가자 드라마 촬영 중인 윤찬이를 제외하고 모두가 땀범벅이 되어서 날 맞아 주었다.

Chapter 16.
콘서트 (1)

"현우, 이제 왔는데 진짜 미안하지만 나 더 이상 다리가
안 움직여."

"나도."

"저도……."

멤버들의 기브업 선언에 진성이의 입술이 뽀로통하게 튀
어나왔다.

"현우 형은 이제 왔는데?"

진성이는 아직 연습량에 만족하지 못한 모양인데 이미 늦
었다.

멤버들이 일제히 바닥에 드러누웠다.

"곧 있으면 윤찬이도 와. 윤찬이 오면 다시 시작하자."

"조금만 쉽게 해 줘어……."

도대체 얼마나 빡세게 연습한 거야?

연습복으로 갈아입고 나오자 진성이도 결국 포기했는지 주한 형과 고유준 가운데에 엎드려 체온을 식히고 있었다.

"응?"

난 멤버들에게 다가가며 연습실을 크게 둘러보았다.

뭔가 평소랑 느낌이 다르다 했더니 사방에 카메라가 설치되어 있었다.

"카메라는 뭐야?"

"저번 회의 때 말했었잖아. 콘서트에 내보낼 영상 연습 장면도 찍는다고."

"아아, 오늘이었구나. 하하."

문득 예전 〈크로노스 히스토리〉 촬영 때가 떠올랐다.

그때도 숙소나 연습실 여기저기에 카메라가 설치되어 있었는데, 그때는 긴장해서 멤버 모두 뭘 해도 어색한 티가 났었다.

그 덕에 이제 와선 그때의 촬영분을 꺼내 보지도 못한다, 민망해서.

지금은 좀 익숙해지긴 했지만 그래도 의식되는 건 여전하다.

"난 최근에 연습 쉬는 시간이 제일 아깝더라?"

"콘서트 앞두고 있어서 그래."

진성이의 말에 고유준이 대답했다.

내가 멤버들에게 가까이 다가가자 주한 형이 몸을 일으키더니 진성이를 보며 어른의 한숨을 쉬었다.

"그럼 진성이를 위해 우리 쉬지 말고 잠시 토론 좀 해 볼까?"

"무슨 토론?"

"콘서트 세트리스트에 대한 토론. 웃쌰!"

주한 형은 힘겹게 일어나 자신의 휴대폰을 들고 왔다.

"회사 사람들이랑 회의해서 다른 곡 순서는 다 정했거든? 근데-."

주한 형이 자신의 휴대폰 화면을 보여 주었다.

회의한 세트리스트를 정리하지 않고 대충 메모해 둔 거였는데, 유독 엉망으로 적어 둔 부분이 있었다.

"이걸 넣을지 말지, 넣으면 뭘 넣을지 판단이 안 서. 회사 사람들도 마찬가지고."

난 주한 형에게 휴대폰을 받아 들었다. 내 양쪽으로 고유준과 진성이가 붙어 함께 화면을 살폈다.

주한 형이 말했다.

"콘서트에 〈멍멍냥냥〉을 넣을지 말지."

"엥."

"엉?"

"그게 무슨 말씀이신지."

우리가 질색하자 주한 형이 활짝 웃었다.

"농담이야."

근데 저 표정을 보아하니 아마 넣지 않을까 싶다.

"하, 〈멍멍냥냥〉 셋리에 포함되겠네."

"형아, 왜, 난 그 곡 사실 귀여워서 좋아하는데."

다른 멤버들도 나와 같은 생각인 모양이고.

"정확히 말하면 한 곡만 할지 메들리로 할지를 정해야 해. 〈라스푸틴〉도 있을 거고 〈붉망차〉나 너희가 만든 〈강주한〉도 있고."

"메들리 좋은데? 첫 번째 콘서트인데 그동안 고리들이랑 쌓았던 추억들은 다 풀어놔야지."

우리끼리 간단한 회의로 이거 하자 저거 하자 의견을 내놓고 있을 때였다.

"아, 맞아. 고유준 나 사투리 좀 가르쳐 주라. 너 사투리 썼었잖-."

픽!

"······응?"

연습실 형광등이 잠깐 깜빡거리다 원래대로 돌아왔다.

멤버 모두가 일제히 형광등을 바라보았다.

"뭐야, 형광등 갈 때 됐나."

"아, 맞다. 연습실 조만간 LED 등으로 바꾼다던데."

그 이후 깜빡임이 몇 번 더 있었지만 사실 형광등 좀 깜빡인다고 누가 신경을 쓸까.

"그럼 회의하는 자리를 회사로 옮겨야 하는 거 아니야? 깜빡이면 촬영 편집하기도 힘들걸."

고유준이 카메라를 향해 눈짓하며 말했다.

그나저나 카메라 많이도 설치해 놨다. 아까 들어올 때 보니 회사 건물 여기저기에 설치해 놨던데, 연습하는 모습만 찍는 것치곤 좀 과하다고 생각했었다.

깜빡, 깜빡, 깜빡-.

다시 대화를 이어 나가려던 차, 이번에는 형광등이 거슬릴 정도로 깜빡거리기 시작했다.

결국 주한 형이 인상을 찌푸리고 내 손에서 휴대폰을 가져갔다.

"수환 형한테 말하고 올게. 촬영 계속 해야 하면 회사 연습실로 옮겨야 할 것 같다고."

그때였다.

"형!!! 지, 진성아!"

연습실 문을 벌컥 열고 다급히 우리들을 부르는 사람. 윤찬이었다.

"어어……?"

윤찬이가 저렇게 큰 소리를 낸 적 있던가? 너무 긴박해 보이는 표정에 모두가 '다녀왔냐?'라는 인사조차 건네지 못하고 굳었다.

그 순간에도 형광등은 계속해서 깜빡이고 있었다. 좀 인위적이라고 느껴질 정도의 빠른 깜빡임이었다.

"형, 큰일 났어요!"

"왜? 왜!"

도대체 뭔데 이 갑작스럽고 인위적인 상황은?

윤찬이가 바깥을 두리번거리더니 서둘러 연습실로 들어와 문을 잠갔다.

"형, 밖에! 밖에!"

"어! 밖에 왜!"

윤찬이가 연습실 문 밖을 가리켰다. 멤버 모두가 우르르 달려가 연습실 통유리 벽에 붙어 바깥을 확인했다.

그 순간 통유리 건너로 보이는 다수의 실루엣.

"……저게 뭐야?"

내가 지금 뭘 보고 있는 거야?

특공대 복장을 한 스무 명 정도의 사람들이 건물의 입구를 자물쇠로 잠그고 복도를 서성거리고 있었다.

진짜 갑자기 무슨 상황이지?

이게 진짜인지 가짜인지도 몰라 아무 행동도 못 하고 있을 때, 멤버 모두의 휴대폰이 동시에 울렸다.

크로노스의 퍼스트 콘서트를 위한 첫 번째 콘텐츠1-진정한 탈출!

–여러분들은 지금 국가를 위협하는 강력한 능력자 빌런들입니다. 당신들을 잡으러 온 특공대를 피해 밖으로 나갈 수 있는 자물쇠 열쇠를 찾아 건물에서 탈출하십시오!

-건물 여기저기에 여러분들의 능력과 사용할 만한 물건들이 숨겨져 있습니다.

-가장 먼저 연습실 탈의실 구석의 상자를 열어 보세요.

※멤버 전원이 힘을 합칠 것

※영상미를 위해 연습복 금지! 사복으로 예쁘게 입어 주세요^^

-탈출 성공 시 고리들을 위한 선물을 획득할 수 있습니다!

"아이 진짜!"

"이런 건 말 좀 하고 시작해요! 근데 재밌겠다."

어쩐지 카메라가 여기저기 잔뜩 달려 있더라니. 이건 콘서트 전 고리들의 기대감을 돋우기 위해 회사에서 준비한 너튜브 콘텐츠였다.

"보통 이렇게 갑자기 시작하는 거야?"

탈의실 구석에 있다는 상자를 찾으며 진성이가 말했다.

"몰라, 나도."

사실 서프라이즈로 계획했다면 언제 시작해도 우리에겐 갑작스러운 타이밍일 것이다.

멤버들은 놀랐다며 투덜거렸지만 꽤 즐거워 보였다.

"여깄네."

주한 형이 자신의 옷 아래에 숨겨져 있던 상자를 꺼내 열었다. 상자에는 휴대폰, 그리고 안내문이 들어 있었다.

틴타전자의 슬림S레인보우8과 함께하는 탈출 게임!

크로노스 여러분, 준비되셨나요?

휴대폰은 한 사람당 한 대씩 소지할 수 있습니다.

지금 여러분이 계시는 연습실 공간은 유일한 안전지대며 그 외의 지역엔 특공대가 정해진 루트대로 다니고 있습니다.

그들을 피해 힌트와 능력을 찾으세요!

제한 시간 2시간 내에 열쇠를 찾아 탈출하면 성공!

※슬림S레인보우8을 이용해 셀프 촬영도 부탁드려요!

"약간 그런 거네. 술래가 많은 숨바꼭질."

"엄청 재밌겠는데?"

"그럼 힌트 말고 우리한테 유리한 능력도 가질 수 있는 건가?"

멤버들이 안내장을 읽으며 게임에 대해 해석하고 있을 때였다.

두리번두리번 멤버들 눈치를 보던 고유준이 안내장을 가져가며 큰 소리로 말했다.

"아! 그렇구나! 슬림S레인보우8과 함께하는 게임이구나!"

······아, 그렇네? 다들 게임 방법을 본다고 이제야 맨 윗 문단을 발견했다.

이거 휴대폰 광고 모델이 된다는 말은 들었는데 벌써? 아직 미팅도 뭣도 안 했는데.

이건 정식 계약 전 협찬으로 들어온 건가?

아무튼 곧 이 휴대폰의 광고 모델이 될 것을 아는 멤버들은 서로 눈치를 보더니 너도나도 목소리를 높여 댔다.

"아. 아아! 그렇구나! 이 이벤트는 슬림S레인보우8과 함께하는 게임이었어!"

"그럼 안심이지! 슬림S레인보우8과 함께라면 탈출이야 시간문제지!"

특히 주한 형이 가장 열심히 슬림S레인보우8을 외쳐 댔다.

일종의 놀이처럼 신이 난 멤버들에게 휴대폰을 하나씩 건네주고 일어났다.

"그럼 슬림S레인보우8를 이용해서 게임을 시작해 볼까?"

"그런데 형, 진성아. 우리 문제가 있어요."

"뭔데?"

윤찬이가 걱정스러운 표정으로 연습실 밖을 가리켰다.

"특공대 피해서 움직여야 한다고 했는데, 연습실 바로 앞에 특공대 있어요."

"아, 맞다. 그러네."

"나가자마자 바로 잡히지 않을까요?"

연습실 바로 앞엔 복도와 로비, 그 앞에 커다란 통유리 벽과 문이 세워져 있고 문을 열고 나가면 1층으로 내려가는 계단이 나온다.

지금 당장 눈에 보이는 특공대는 통유리 벽과 문을 점거하고 있는 상황이었다.

"음."

연습실과 통유리 벽은 서로 마주 보고 있는 터라 우리가 문을 열고 나갔을 때 안 들킬 수가 없는 구조였다.

"어떻게 하죠?"

멤버들은 자연스럽게 주한 형과 나를 바라보았다. 주한 형은 잠시 생각하더니 날 가리켰다.

"음, 글쎄. 이것도 게임이니까, 게임잘하는 우리 〈뉴비공대〉 공대장님 현우의 생각은 어때?"

보통 이럴 때는 상대가 쫓아오든 말든 정면으로 부딪쳐 도망가는 방법과, 다른 무언가에 적들의 시선을 모이게 한 뒤 우리는 몰래 도망치는 방법이 있다.

하지만 정면으로 부딪치는 건 우리 팀에 달리기와 연이 없는 주한 형, 윤찬이가 있으니 불가능하고.

"팀을 나눠서 한쪽이 어그로를 끌고 다른 쪽은 도망하는 게 좋을 것 같다."

난 고유준과 진성이를 차례대로 가리켰다.

"고유준이나 진성이 둘 중에 한 사람 나랑 같이 어그로를 끌자. 아니면 둘이 가도 되고."

"오오, 서현우 희생하나?"

"오, 현우 형, 멋있는 히어로 가나?"

고유준과 진성이가 건들거리며 대답했다. 주한 형은 두 사람을 보며 잠시 생각하더니 눈을 부릅뜨며 진성이를 가리켰다.

"가라! 막내!"

마치 포켓몬 부르는 지우를 연상케했다.

"막내막내!"

"……와우."

그걸 또 진성이는 주한 형을 향해 머리를 들이밀며 받아준다.

매일 혼내고 혼나는 관계긴 해도 가끔 보면 참 잘 맞는 콤비다.

"다들 떨어지면 슬림S레인보우8로 촬영하는 거 잊지 말고. 열쇠 찾으면 알려 주기."

"오케, 그럼 나랑 진성이가 어그로를 끌어서 특공대 싹 다 데리고 복도 끝으로 질주할 테니까 그사이에 나머지 세 사람은 연습실에서 나와서 다른 곳으로 숨어."

"알았어."

"우리 진성이는 겁이 많아서 특공대가 쫓아오면 자동으로 다리가 움직일 거야. 그렇지?"

주한 형이 활짝 웃으며 진성이에게 무운을 빌어 주었다.

"가자, 진성아. 가다가 중간에 특공대 시야에서 벗어났다 싶으면 어디로든 숨어 들어가."

"오케이."

난 통유리 바깥 특공대를 살피며 문고리를 잡았다.

"간다."

"응."

휴대폰 카메라(셀프캠 대용)로 나와 자신을 찍고 있는 진성이의 긴장된 대답이 들려왔다.

"하나, 둘, 셋!"

난 곧바로 문을 연 뒤 밖으로 튀어 나갔다.

그리고 저들을 향해 크게 외쳤다.

"더운 날 고생하십니다!!!!"

안 그래도 연습실을 주시하고 있던 특공대와 잠시 한눈판 특공대 모두의 시선이 나와 진성이에게로 향했다.

"아, 아아아악!!!! 무써웡!!!!!"

진성이는 그들의 분위기에 압도돼 화들짝 소리를 지르며 내 팔을 끌고 냅다 뛰기 시작했다.

"그래도 형을 버리지는 않는구나. 고맙다."

내가 중얼거리며 진성이를 따랐다. 안전한 연습실에서 이 상황을 지켜보며 미친 듯이 웃는 고유준의 웃음소리가 들려왔다.

쟤 웃음소리 진짜 이상해.

난 내 팔을 잡고 있는 진성이의 우악스러운 손을 치우고 진성이의 옆으로 향했다.

뒤에서 달려오는 특공대는 예능적으로 좀 봐주면서 뛰고 있는지 우리가 빠른 걸 감안해도 꽤 느렸다.

"진성아, 여기서 찢어져. 넌 저리로 가고 난 이리로 갈 테니까 어디든 잘 숨어 봐."

"혀엉! 싫어! 왜? 같이 가는 게 나는 더 좋은데?"

아무튼 저 겁쟁이는 귀신이 아니어도 일단 쫓기면 무서운가 보다.

"같이 가자아!"

사실 따로 떨어져 찾는 게 훨씬 효율적이기는 한데 같이 가자고 말하는 진성이의 표정이 너무나 간절해 보여서 결국 허락했다.

그래, 열여덟 살짜리가 총 장난감을 들고 쫓아오는 특공대를 보면 좀 무서울 수도 있겠지 뭐.

"이리로!"

난 진성이를 이끌고 복도 끝 또 다른 빈 연습실로 향했다.

"허억, 빨리 문 닫아! 불 꺼!"

진성이가 서둘러 연습실의 불을 끄고 나한테 착 달라붙었다.

난 진성이를 데리고 연습실 구석 노트북이 올려진 책상 아래로 향했다.

"쉿. 개방된 연습실이라 안으로 들어와도 잠깐 훑어보고 갈 거야."

슬쩍 고개를 빼서 통유리 밖을 바라보자 특공대는 뒤늦게

도착해 연습실 안을 기웃거리더니 우릴 발견하지 못하고 지나갔다.

"와, 이거 생각보다 스릴 있네."

"되게 무섭다. 나 아마 특공대 아니고 좀비나 귀…… 그런 거였으면 기절했을걸."

우린 소곤거리며 조심히 책상에서 나왔다.

"여기도 힌트나 그런 거 숨겨져 있나? 한번 찾아보자."

"근데 여기, 사용하는 연습실 아니야?"

"연습생들 사용하는 곳이래. 저번에 연습생들 연습하는 거 봤어."

"아."

예전 사용하던 연습생 전용 연습실 중 노후되었던 B연습실이 결국 리모델링에 나섰다고 들었다.

덕분에 월말 평가 땐 특별히 이곳까지 개방해서 연습생들이 사용할 수 있게 만들었다고.

우린 우선 숨어 있던 책상부터 뒤져 보기 시작했다.

연습생들의 연습 시간 기록지, 내용 모를 서류들, 연습생들이 대충 놔두고 간 옷가지, 탈의실까지 할 수 있는 선 안에서 싹 다 뒤졌다.

이런 곳에 하나쯤은 있을 법한데, 왜 나오지를 않는지.

설마 책상 아래, 의자 아래에 붙여 놓는다거나 하는 치사한 짓은-.

"……어?"

하네.

의자 아래에 손을 집어넣어 더듬자 손에 걸리는 봉투 한 장.

고정시켜 둔 테이프를 떼고 봉투 속 카드를 꺼내자 앞면에 짧은 문구가 적혀 있었다.

이 카드를 발견한 당신! 당신은 섹시도발 춤신춤왕 빌런입니다.

1회에 한해 특공대 앞에서 최선을 다해 환상령 춤을 추면 당신의 춤에 홀린 특공대는 30초간 정신을 차리지 못할 것입니다.

"이게 뭐야."

아, 능력이라는 게 이런 것이었나.

이 능력을 쓰려면 젊은 특공대 배우 앞에서 최선을 다해 춤을 춰야 한다.

아니 왜? 왜 이런.

"……."

만약 지금의 내 모습이 편집되지 않고 나온다면 자막에도 분명 '……'이라고 뜰 거다.

생각도 행동도 멈춰 있기에.

"아."

그리고 보니 우리 고리들, 크로노스가 수치스러워하는 걸 좋아한다고 했던가. 그래서 이런 수치스러운 능력을 준 걸까?

"아! 형, 나 찾았어. 찾았는데……. 이거 좀 그래. 이거 봐 봐."

"나도 찾았어. 한번 보자."

진성이가 당혹스러운 표정과 함께 가지고 있는 카드를 넘겼다.

이 카드를 발견한 당신! 당신은 크윽! 두고 보자! 빌런입니다.

1회에 한해 '크윽! 두고 보자!' 진심을 담아 외치며 쓰러지십시오. 특공대는 당신을 지나칠 것입니다.

보다가 웃음이 터졌다.

특공대 앞에서 이걸 하는 진성이를 상상하니 확실히 웃기긴 했다.

"푸흡! 이게 뭐야!"

진성이 또한 내 카드를 보더니 대놓고 비웃으며 깔깔거렸다.

"형, 완전 쪽팔리겠다."

"너도."

"다른 멤버들도 이런 식인가? 완전 궁금하다."

난 카드를 집어넣고 연습실 밖을 살폈다.

"이제 슬슬 다른 곳에도 가 보자."

웬만하면 이 카드를 쓸 일이 없길 빌며.

"형, 나 이제 무서운 거 좀 사라졌어. 따로 다녀도 될 듯."

"알았어."

내가 보이는 곳엔 특공대가 없었다. 저 멀리서 누군가의 비명 소리가 들려왔는데, 잡힌 건지 도망치는 중인지는 모르겠다.

확실한 건 도망치려면 지금이었다.

"가자!"

연습실 문이 열리고 우린 빠르게 뛰어 흩어졌다. 그와 동시에.

"아아아악!!!!! 서현우욱!!!!!"

저 로비 끝에서 특공대 세 명을 달고 무서운 기세로 달려오는 고유준이 보였다.

♪♫♪♫

"기사는 그대로 내셔도 됩니다. 공지대로 절대 선처 없을 거고요. 네, 잘 부탁드립니다."

크로노스의 매니저 이수환은 통화를 끊고 피로에 찌든 눈을 감았다 떴다.

"하아."

피곤하다.

하지만 이렇게 중요한 시기에 쉴 수는 없었다.

고유준의 아버지가 저지른 사건이 이제 막 마무리되었고 그를 포함해 수많은 악플러들에 대한 고소를 준비하고 있었다.

고소 준비에 맡은 아티스트는 첫 단독 콘서트 준비, 곧 론칭할 레이블까지, 만약 후배 김태성이 매니저로 들어오지 않았더라면 많이 벅찼을 일정이었다.

할 수만 있다면 사무실에서 잠깐 눈이라도 붙이고 싶었지만…….

끊었던 담배가 절로 생각나는 날이다.

이수환은 크로노스 멤버들이 촬영 중인 연습실 건물을 한 번 올려다보고 걸음을 옮겼다.

'잠은 죽어서 자는 거다.'

지금은 크로노스의 촬영이 잘 진행되고 있는지 확인하는 게 우선이었다.

"수고가 많으십니다. 커피 사 왔는데 드십시오."

"어어, 오~ 실장님, 감사합니다! 잘 먹을게요!"

이수환이 커피를 내려놓자 젊은 스태프들이 우르르 모여들어 수혈하듯 커피를 마셨다.

이번 크로노스 콘서트 전야제 영상을 맡은 신생 콘텐츠 제작 회사 제작팀이었다.

크로노스만큼이나 혈기 넘치는 그들을 보던 이수환이 모니터로 시선을 옮겼다.

"촬영은 잘되어 가고 있습니까?"

"아! 마침 딱 긴장감 넘치는 상황이었어요. 역시 크로노스

분들, 예능 잘하시네요."

"감사."

멤버들 칭찬에 흐뭇하게 인사하려던 이수환은 모니터 속 상황을 보고 말을 멈췄다.

–아아아악! 서현우욱!!!!

–……어……? 오, 오지 마!

또 고유준과 서현우인가.

"풉."

이수환이 저도 모르게 웃었다.

고유준이 세 명의 특공대를 이끌고 무서운 기세로 서현우를 향해 뛰어오고 있었다.

저 멀리 두 사람과 특공대를 본 이진성은 기겁한 채 죽을 기세로 도망치고 있었고, 당황했는지 한참을 멍하니 서 있던 서현우도 뒤늦게 달리기 시작했다.

어떤 걸 해도 항상 웃긴 건 서현우와 고유준부터 시작이다.

저들이 미친 듯이 뛰는 모습을 보며 문득 예전 〈졸업합니다〉를 촬영할 때가 떠올랐다.

체육대회였던가?

그때도 특공대는 없었지만 비슷한 상황이 있었던 것 같은데……

고유준이 서현우에게 배턴을 넘기지 않고 달리던-.

"……멤버들, 지금 뭐 하는 겁니까?"

여유롭게 옛날 일을 떠올리던 이수환의 생각이 또 한 번
멎었다.

엄청난 빠르기로 달리던 두 사람. 고유준이 서현우를 따라
잡고 특공대와 거리를 벌리더니 속닥속닥 조용히 대화를 나
누기 시작했다.

또 저 동갑내기 둘이서 뭘 꾸미고 있는 건지.

그러더니 노골적으로 인상을 팍 찌푸린 서현우가 마지못
해 고유준의 어깨에 팔을 둘렀다.

그리고 절뚝절뚝 발을 절었다. 고유준이 외쳤다.

–우린 틀렸어! 먼저 가래! 꼭 살아남아서 가족들에게 안부 전해 줘…….

어색한 고유준의 연기에 서현우의 고개가 팍 숙여졌다.

뭔, 뭐?

이수환이 당황하던 찰나 특공대는 달리기를 멈추고 조심
조심 고유준과 서현우를 비켜 지나갔다.

"저게 뭡니까?"

"아아, 미션이에요. 유준 씨 미션이요. 미션 내용이~."

감독이 진행 상황을 메모해 둔 수첩을 읽었다.

"유준 씨는 1회 한정 주인공 친구 역 빌런이에요. 멤버 한

사람을 부축하고 저 대사를 외치면 30초간 특공대가 아군이
되는 능력."

"아."

이수환의 입가가 미세하게 올라갔다.

그래서 저 아이들이 다리를 절뚝거리며 잘 못하는 연기를
하고 있는 거구나.

고화질의 모니터를 통해 서현우가 부끄러워 죽기 직전인
것까지 다 보였다.

진짜 너무 우스웠다.

이수환의 피로를 풀어 주는 이는 그들뿐만이 아니었다.

-아아아아악!!!!!

-억!

-어! 죄송합니다! 죄송해요! 안녕히, 아니 감사, 아니 조금 있다가 사
과 제대로 할게요!

다른 쪽에서는 이진성이 비명은 비명대로 지르며 자신의
덩치를 이용해 특공대를 무력으로 돌파하는 중이었고.

-이곳을 보세요. 여러분들은 하나, 둘, 셋 하면 잠이 들게 됩니다. 좋
아요. 더 가까이 오시면 잠으로 안 끝납니다. 하나, 둘, 셋. 레드썬.

강주한은 박윤찬을 뒤에 숨긴 채 소품인 최면 도구를 특공대 앞에서 흔들고 있었다.

　　그렇게 몇몇의 멤버들이 힌트를 찾고 또 새로운 능력을 찾으며 게임이 진행되어 갈 때였다.

　　"어! 한 명 잡혔다! 감옥팀 준비해 주세요."

　　감독이 모니터 중 한 곳을 가리켰다.

　　벌써?

　　멤버들이 고통받는 상황에 즐거워하던 이수환이 동요했다.

　　달려가다 넘어졌는지 엎어진 채로 특공대에게 붙잡히는 누군가.

　　서현우였다.

　　"현우 씨 잡혔어요. 아이고, 능력도 있었는데 넘어지셔 가지고. 유리 씨, 특공대팀한테 현우 씨 안 다쳤는지 물어보라고 해 줘요."

　　"넹."

　　이수환은 당황했다. 다른 멤버는 몰라도 서현우는 이 게임에서 최후까지 살아남는 멤버 중 하나일 거라고 믿어 의심치 않았기 때문이다.

　　"아, 너무 아쉽다."

"현우 씨, 안 다치셨어요?"

"아, 네. 멀쩡해요."

일이 일어난 건 순식간이었다.

고유준과의 미치도록 수치스러운 미션으로 무사히 특공대를 넘긴 후 헤어져 가장 가까운 방으로 들어갔었다.

그곳에서 힌트 한 개와 '잘 가요 내 사랑 빌런'이라는 능력 한 개를 찾아 한결 방심하며 나올 때 복도 끝에서 특공대가 달려왔다.

놀라서 달렸고 그러다 넘어졌고 잡혔다.

어쩌다 내가 멤버들 중 처음으로 특공대에게 잡힌 사람이 되었는지 원.

아니, 다른 건 다 상관없는데 문제는 내 분량이었다.

지난 몇 달간 〈뉴비공대〉를 촬영하며 분량에 노이로제가 걸릴 정도로 신경을 썼다 보니 이렇게 빨리 잡히면 내 분량은 어떻게 해야 하나 하는 불안한 생각이 먼저 들었다.

하다못해 능력이라도 쓰고 잡혔으면 좋았을 것을.

춤이라도 췄으면 임팩트라도 줄 수 있지 않았을까.

아닌가? 내가 찾은 춤도 사실 진성이나 고유준의 능력 미션에 비하면 좀 웃기기엔 부족했을지도.

그래도 이번에 찾은 '잘 가요 내 사랑 빌런'은 꽤 웃겼을 것 같은데.

특공대 앞에서 실연당한 사람처럼 오열하는 연기를 펼치

며 실연 노래를 부르면 특공대가 동정하며 한 번 살려 준다는 내용이었다.

아무튼 아무리 생각해도 이렇게 빨리 잡혀서 계속 감옥에 가는 건 좀 아니다.

내 생각은 그랬다.

"현우야, 게임 살린다고 말을 못 했어. 그럼 뭘 어떻게 해야 할까."

"울어."

수단과 방법을 가리지 말고 분량을 만들어 내라던 주한 형의 말을 떠올려 보았다.

"저기 특공대 여러분."

"네."

"저랑 잠시 이야기 좀 나누실래요?"

"일단 감옥 가서 말씀하시죠."

"네……."

난 얌전히 수갑을 차고 특공대 형님들에게 양팔을 구속당한 채 감옥으로 향했다.

"……."

난 홀로 감옥에 갇혀 손의 수갑을 잠시 쳐다보다 촬영 중인 PD님께 말을 걸었다.

"PD님, 저랑 거래 안 하실래요?"

어차피 고리들에게 조금 더 다양한 모습의 멤버들을 보여 주려고 만드는 콘텐츠.

어떤 방식으로든 내 분량을 챙겨야 프로지.

"어떤 거래요?"

다행히 PD님은 내 말에 흥미가 있어 보였다.

"저 감옥에서 나가게 해 주세요."

"나가게 해 주면요?"

"다른 멤버 잡아 올게요."

내가 씨익 웃자 PD님은 그보다 더 나아가 정체를 드러낸 흑막처럼 웃었다.

'그래, 그거야! 그걸 원했어!'

하고 말하는 것 같은 표정이었다.

"그럼 현우 씨 말씀은 감옥에서 나가는 대신 특공대 편, 스파이가 되겠다고 하시는 거죠?"

"네, 그렇습니다."

"그렇게 하시면 크로노스가 탈출 못 하게 될지도 모르는데 요? 그럼 고리들에게 주는 선물도 사라지는데요?"

그렇게 말하시는 PD님은 벌써 내 제안을 받아들인 것 같 은 표정이었다.

"그럼 제가 고리들 선물을 딸 수 있는 방법을 알려 주시면 따를게요."

"아니, 뭐, 저희야 상관없는데 그렇게 해서 현우 씨가 얻는 건 뭔가요?"

왜 스스로 흙탕물 싸움을 만들어서 들어가냐고?

당연히.

"분량이요. 너무 일찍 탈락했어요……."

"오오…… 알겠습니다. 잠시만요. 잠시 감독님이랑 상의 좀 하고 올게요."

"넵! 들어주셔서 감사합니다."

　※멤버 전원이 힘을 합칠 것

이라는 게임 시작 안내문의 문구는 그냥 머릿속에서 지워 버리기로 했다.

곧 감독님과 상의를 마친 PD님이 돌아와 수갑을 풀어 주었다.

"조건이 있습니다. 현우 씨가 스파이라는 걸 절대 들키지 말 것."

"네."

"그리고 고리분들에게 선물을 주려면 살아남은 멤버가 탈출에 성공하거나, 혹은 현우 씨가 가장 먼저, 멤버들이 알아 차리기 전에 열쇠를 찾아 저희에게 가져다주시면 됩니다."

만약 내가 열쇠를 못 찾거나 멤버들이 제한 시간 안에 탈출에 성공하지 못한다면 고리들에게 줄 선물은 사라진다.

"오히려 고리들에게 선물 줄 루트가 하나 더 늘어났네요?"

"감독님께서 그래도 고리분들이 어떻게든 선물받으면 좋으니까 이렇게 하자고 하셨어요. 자, 이제 출발하시죠."

내 한쪽 손목에 수갑 한 쌍이 채워졌다.

"이건 스파이라는 표시입니다. 멤버들이 보면 의심하겠죠. 안 들키도록 조심히 다니세요."

"혹시 멤버 포섭도 가능한가요?"

"가능하긴 한데, 그러려면 그 멤버도 한번 감옥에 들어와서 탈락 판정받고 나가셔야 합니다."

난 압수되었던 휴대폰을 돌려받았고 셀프카메라를 켠 채감옥을 나섰다.

"열쇠가 어디 있을까요, 형님?"

나가는 길에 함께 있던 특공대분에게 묻자 특공대분은 수줍게 모른다며 고개를 저었다.

그러고 보니 〈플라잉맨〉에서도 이런 역할이었던 것 같은데.

난 한결 편한 마음으로 유유히 멤버들을 찾아 나섰다.

가장 공략이 쉬운 멤버부터 찾아가야겠지.

주한 형을 내 편으로 포섭하면 미션이 굉장히 쉬워지겠지만 아쉽게도 주한 형과 윤찬이는 안 된다.

두 사람은 눈치가 너무 빨라서 대화 한번에 금방 이상함을 눈치챌 수도 있었다.

진성이는 속이기는 쉽지만 멤버들 중 가장 열심히 도망치고 있는 녀석이라 찾기도, 잡기도 쉽지 않으니 포기.

첫 목표는 고유준으로 잡자.

"특공대 여러분, 지나가다가 고유준이 보이면 저한테 꼭 말해 주세요. 걔 계주 출신이라 도망치는 거 엄청 빨라요."

"네!"

"열쇠가 어디 있을까. 어디 있을까요."

난 천천히 카메라맨에게 말을 걸어가며 들어온 방 전체를 뒤졌다.

멤버들을 찾아 탈락시키는 것도 중요하지만 열쇠도 착실히 찾아야 했다.

-현우 씨. 굉장히 여유 있어지셨네요.

카메라맨의 말에 어깨를 으쓱, 일부러 콧노래를 부르며 방에서 나왔다.

특공대에게 쫓긴다는 긴장감이 없으니 오히려 더 재밌어진 것 같기도?

긴장하며 힌트와 열쇠를 찾아다니는 멤버들과 유유자적 한량같이 돌아다니는 내가 번갈아 나오게 편집될 모습이 벌써 눈에 선했다.

"멤버들은 벌써 3층 올라가서 찾고 있나?"

나도 슬슬 3층으로 올라가서 한 명씩 없애지 않으면.

지급된 휴대폰을 꺼내 메신저 내역에서 고유준을 찾았다.

바로 통화 버튼을 누르자 몇 번의 신호가 가고 곧 고유준의 목소리가 들렸다.

　-어. 왜, 어디야?

　"넌 어디냐?"

　-나 지금 3층 올라가려고.

　"벌써 2층 다 찾았어?"

　-어…… 아니? 그건 아닌데 2층에 인간적으로 특공대 너무 많아.

　아무래도 게임의 시작점인 2층에 잡힐 위험이 너무 많아서 차라리 3층부터 찾고 내려올 모양인가 보다.

　"같이 찾자. 내가 2층 다 찾아봤거든? 3층에 있을걸."

　-같이 찾자고?

　"어차피 팀전인데 같이 찾으면 빨리 찾고 좋지. 아까처럼 둘이서 같이 사용하는 능력이 있으면 어떡해?"

　-음, 뭐 그래. 네가 3층으로 와라.

　"어. 아무 데서나 기다려."

　난 전화를 끊고 바로 3층으로 향했다.

　"고유준이 3층에 있대요. 그곳에서 한번 그 친구를 체포해 보려 합니다."

　손목의 수갑을 카메라 앞에서 달랑달랑 흔들며 말했다.

　고유준은 잡은 후 바로 포섭해 볼 생각이다.

　성격상 포섭하기 가장 쉽기도 하고 은근히 이런 게임이나 멤버를 골려 먹는 쪽으로는 머리가 잘 돌아가는 편이라 아군이면 굉장히 든든한 멤버다.

"서현우!"

3층으로 올라가자마자 누군가 날 불렀다. 목소리가 들리는 쪽을 보자 고유준이 3층 계단과 가장 가까운 방에 숨어서 이곳으로 오라 손짓하고 있었다.

난 주변을 경계하는 척하며 고유준이 있는 방으로 들어갔다.

고유준은 내가 방으로 들어가자마자 대뜸 짜증부터 냈다.

"야, 너 어디 있었냐? 나 2층에서 한참 찾았잖아."

"나 지금까지 2층에 있었는데? 길이 엇갈렸나 보네. 근데 왜?"

"아니 아까 진성이가 너 잡힌 거 본 것 같다고 하길래."

이런, 이진성 그냥 도망만 간 게 아니었어?

난 아무렇지 않게 대답했다.

"잡힐 뻔했지. 근데 잘 도망갔지."

"아, 그래? 아쉽. 암튼 나가자. 여기는 찾을 거 다 찾았어. 나 힌트 찾았지~. 근데 너한테는 안 보여 줄 거임~."

고유준이 흥얼거리며 일어나 연습실 문을 열었다.

고유준을 따라 나가며 주변을 둘러보니 확실히 2층에 비해 특공대의 기척이 잘 느껴지지 않았다.

"여긴 특공대 아예 없어?"

"있긴 있는데 2층보다는 적던데?"

"오오."

이것 참 곤란하게 됐다.

난 고유준보다 힘이 약해서 억지로 잡아서 2층의 감옥까지 데려가기는 무리다.

지나가다 특공대와 만나면 고유준이 능력을 못 쓰도록 약간의 어시스트를 해서 잡히게 만들 생각이었는데 3층의 특공대 수가 적다니.

아마 열쇠가 있을 3층에선 멤버들이 좀 더 활동적으로 조사할 수 있도록 특공대 배치를 줄인 거겠지.

특공대의 도움을 받을 수 없다면 설득을 걸쳐 고유준을 특공대가 많은 곳으로 유도해 보자.

"그래, 그럼 한번 찾아보자."

난 고유준을 따라 다음 방으로 향했다.

그리고 힌트가 있을 만한 곳을 빠르게 찾은 뒤 고유준보다 먼저 자리를 잡았다.

"난 여기 찾아볼 테니까 너는 탈의실 한번 가 봐."

"오케이."

고유준이 탈의실로 향했고, 난 자리 잡은 곳의 책상 서랍과 의자를 전부 뒤졌다.

써먹을 수 있는 힌트가 하나라도 나오면 좋을 텐데.

멤버도 잡고 열쇠도 찾으려면 부지런히 움직여야 하므로 꽤 서둘러 찾는 와중 가장 밑 서랍에 봉투 하나가 들어 있었다.

24시간 불이 꺼지지 않는 곳으로 가시오.

힌트였다.

"……."

'뭔 소리야.'

나중에 풀자.

잠시 힌트의 답을 유추해 보다 빠르게 포기하고 고유준을
불렀다.

"야, 찾았어. 힌트."

"찾았다고? 나도 볼래!"

탈의실에서 나오는 고유준도 손에 힌트인지 능력인지 모
를 카드 한 장을 들고 있었다.

난 힌트를 무릎에 덮은 채 물었다.

"그건 뭔데? 힌트? 능력?"

"능력~."

"……진짜야? 표정이 되게 의심스러운데."

"진짜 진짜. 같이 공개하자, 그럼."

"그래. 너부터. 우리 한 팀인 거 알지? 다 같이 열쇠 찾아
나가는 거거든? 뭐 숨기고 그러지 마라."

카드를 보여 주지 않으며 장난치는 고유준에게 몹시 불만
인 것처럼 말했지만 사실 안 보여 줘도 상관없다.

탈락하면 쟤가 가지고 있는 힌트 전부 내가 가져올 생각이

니까.

난 끝까지 간보며 얄밉게 뜸 들이는 고유준에게 못 이긴 척 내 힌트를 보여 줬다.

"이게 열쇠가 있는 장소인지 그 장소로 가는 힌트가 거기 또 있다는 건지는 모르겠는데, 24시간 불이 꺼지지 않는 곳으로 가래."

고유준은 내 손에 들린 카드를 힐끔 보곤 다시 나를 바라보았다.

"이게 뭔 뜻이냐?"

나도 모른다.

"내 생각엔 이거 그거야."

하지만 아는 척해 본다.

"그거? 아~ 그거."

난 같이 아는 척하며 상황극을 시작하려는 고유준을 모른 척한 채 말했다.

"2층에 가라는 말이야. 2층 우리 연습실이나 연습생들 월평 연습실."

"엥······."

고유준은 딱 봐도 가기 싫은 기색이었다.

2층에 특공대가 쫙 깔렸으니 당연하긴 하다.

아무튼 난 대충 카드와 상황을 끼워 맞추며 계속 말을 이었다.

"24시간 불이 안 꺼진대. 은유적으로 표현한 거 아니야? 연습생이나 우리나 거의 24시간 연습한다는 의미로."

"으음, 사실 나도 그 생각 하기는 했는데."

"그렇지."

고유준이 내 아무 말에 동조하기 시작했다.

"생각해 보니까 2층에 유독 특공대가 많은 것도 그래서 그런 거 아니야? 2층에 열쇠가 있어서."

아니, 반대다. 예능적으로 3층에 열쇠가 있으니 2층에 계속 머물지 말고 얼른 3층으로 올라가라는 뜻으로 특공대 배치를 그리해 놓은 걸 테다.

하지만 난 고유준의 추리에 별다른 말 없이 고개를 끄덕이며 벌떡 일어났다.

"그럼 2층으로 다시 내려가 볼까?"

"하아, 가야겠지. 너무 긴장돼서 좀 내려가기 싫은데."

"가야지. 우리 고리들 선물이 걸려 있는데."

난 고유준을 억지로 일으켜 세워 팔짱을 끼고 복도로 향했다.

"연습생 연습실부터 가 보자. 거기가 제일 오래 불이 켜져 있는 곳 아니냐. 위험할 것 같으면 우리 연습실 들어가면 되지."

우리 연습실은 안전지대라고 했으니까.

"그리고 우리는 달리기 잘하잖아. 하하. 가자."

"……너 갑자기 말이 좀 많아졌다?"

사실 연습생 연습실은 아까 진성이와 싹 다 둘러봤지만 어차피 고유준을 2층으로 내려보내기 위한 거짓말이므로 신경쓰지 않았다.

그리고 때가 다가왔다.

2층의 비상구, 고유준이 비상구 문틈으로 슬쩍 복도의 상황을 확인했다.

"와 진짜, 너무 많은데. 잡힐 것 같은데. 서현우."

고유준이 영 불안한 얼굴로 날 돌아보았다.

"……."

난 그런 고유준을 조용히 한참 바라보았다.

"유준아."

"……오오, 야. 갑자기 왜 그래?"

내가 고유준을 성 떼고 부르는 일은 거의 없다.

그 덕에 고유준은 갑자기 달라진 분위기를 단번에 눈치챈 모양이다. 고유준이 한걸음 뒤로 물러섰다.

난 손에 들린 힌트 카드를 들어 인상을 찡그린 채 바라보다 고개를 갸웃거렸다.

"나 사실 이 힌트 무슨 말인지 모르겠어."

"뭐?"

난 팔짱 낀 팔에 꽉 힘을 줘 고유준이 더 멀어지지 못하게 했다.

"내가 왜 2층으로 내려오자고 한 줄 아냐?"

"갑자기 무섭게 왜 그래?"

고유준은 내게 묻다 멈칫, 소름이 쫙 돋은 얼굴로 물었다.

"……이거 설마 단체전 아니야?"

짤랑-.

그 순간 카드를 든 내 손목에서 타이밍 좋게 소매가 내려오며 수갑이 드러났다.

"……어."

당황한 고유준이 촬영 중이던 휴대폰을 슬쩍 내렸다. 난 고유준의 손목을 잡고 휴대폰을 도로 올려 주며 몸으로 비상구 문을 활짝 열었다.

그리고 소리 질렀다.

"와아아아!!!"

그와 동시에 2층 복도 모든 특공대의 시선이 이곳으로 향했고 모두가 달려오기 시작했다.

"와이 씨!! 서현우! 이런!"

우리 팀 최장신이 도망가려 발광을 했다.

당연하게도 내 몸이 이리저리 흔들렸지만 난 팔짱과 휴대폰 잡은 팔을 놓지 않았다.

이 자식, 달리기도 빠르지만 탈의실에서 능력도 찾았던 터라 손을 놓으면 분명 빠져나갈 거다.

"서현우 얘 왜 이래? 뭔데? 너 스파이냐?"

"어!"

"와, 진짜!"

고유준이 배신감에 찬 표정으로 날 바라보았고 그사이 특공대가 다가와 우릴 포위했다.

고유준이 체념한 듯 몸에 힘을 풀었다. 난 팔을 놓아주었고 그 자리는 고스란히 특공대가 차지해 포박당했다.

"와, 진짜……. 믿었는데."

"믿기는 왜 믿어?"

난 특공대에게 수갑을 받아 고유준의 손목에 채웠다. 그리고 혹시나 멤버들에게 들킬까 봐 나도 함께 특공대에게 잡힌 척 감옥으로 향하는 동안 말했다.

"잡혔으니까 하는 말인데 너 이대로 끝내기엔 좀 아쉽지?"

"아쉽긴…… 한데…….

그래서 뭐?

특공대에게 양손을 포박당한 고유준이 표정으로 나에게 물어 왔다.

난 대답 대신 손목의 수갑을 흔들어 보였다.

그러자 고유준은 눈동자를 굴리더니 순식간에 표정을 바꿔 활짝 웃었다.

"대장님!"

어, 설득할 필요 없겠는데?

"살려만 주세요. 최선을 다하겠습니다."

말을 하기도 전에 내가 무슨 제안을 할지 알아차린 고유준은 간신배 같은 미소와 함께 고민도 없이 라인을 바꿔 탔다.

난 근엄한 척 고개를 끄덕이며 고유준의 어깨를 두드려 주었다.

"좋아. 살려 줄 테니 최선을 다하도록."

"아, 예예, 당연하죠, 대장."

"대장이 뭐야, 대장이."

그런데 사실 고유준은 이럴 줄 알았다.

크로노스가 이 게임에서 이기고 말고보단 게임은 즐거우면 그만이라는 생각을 하는 놈이라.

"일단 감옥으로 가서 이야기하시죠."

"네, 좋습니다."

고유준은 순순히 특공대를 따라 감옥으로 향했다.

그러곤 약 5분가량 나와 PD님의 속성 스파이 과외를 받은 후 풀려났다.

짤랑짤랑-

나와 고유준이 나란히 걸으면 각자 손목에 찬 수갑이 짤랑거리는 소리가 들렸다. 이게 탈락자의 증표 같아서 같이 돌아다니기 약간 민망하긴 했다.

"아무튼 잘 유도해서 전부 감옥에 집어넣으면 된다는 거지?"

"어, 너는 멤버들을 잡는 데 주력해. 난 열쇠를 찾아야 하거든."

내 말에 고유준이 의심스러운 시선을 보냈다.

"아, 뭐야. 넌 왜 열쇠 찾음? 너 혼자 몰래 빠져나가려는 거냐?"

고유준이 헤드록 걸 준비를 하길래 서둘러 피하며 말했다.

"아까 PD님 말씀하시는 거 뭐 들었냐? 고리들한테 선물을 주려면 내가 먼저 열쇠를 찾아서 감옥에 가져가야 된다니까요."

"아, 맞다. 오케이."

우린 다시 걸음을 옮겼다. 고유준도 아까의 나처럼 감옥에 들어갔다 나온 이후 여유를 되찾았다.

특공대가 곁에 있든 말든 경계심 없이 주변을 두리번거리며 멤버들 찾기에 여념이 없었다.

"야, 경계하는 척 좀 해. 특공대 앞에 두고 너무 여유 있는 거 멤버한테 들키면 속이기 어려운 거 알지?"

"알았어, 알았어. 아무튼 근데 멤버들을 속여서 탈락시키는 거라면 주한 형은 제일 마지막에 해야겠다."

역시 고유준도 나와 같은 생각을 하고 있었다.

제일 눈치 빠르고 머리 좋은 주한 형.

들키면 탈락시키기 상당히 어려울 거다.

"그럼 가장 잡기 만만한 상대부터…… 잠깐."

고유준이 갑자기 말을 멈추고 날 노려보았다.

왜? 내가 눈썹을 치켜올리자 고유준이 투덜거렸다.

"이야~ 너 설마, 가장 잡기 만만한 사람으로 날 생각한거냐? 그래서 내가 첫 번째로 잡힌 거?"

고유준이 헤드록 걸 제스처를 취하길래 서둘러 거리를 벌리고 반대쪽 방을 가리켰다.

"몰라? 아무튼 잘 부탁한다. 수갑 안 들키도록 조심하고. 내 추천은 윤찬이야."

"와, 보셨어요? 쟤는 이런 일 있으면 무조건 저부터 죽인 다니까요? 갑시다~."

"2층 다 둘러보고 나한테로 와."

고유준은 자신의 셀프캠에 투덜거리곤 내가 가리킨 방향 으로 걸음을 옮겼다.

"음, 이제 슬슬 열쇠를 찾아야 하는데."

같은 편이 한 사람이라도 늘어나니 일 분담이 가능해 편했 다.

멤버 찾는 일은 고유준이 해 줄 테니 난 지금부터 열쇠 찾 는 미션에 집중할 생각이다.

우선 2층 전체를 돌며 힌트와 능력을 싹 다 가져왔다.

힌트는 내가 쓸 것이고 능력은 내가 쓸 일은 없겠지만 다 른 멤버들이 사용하는 걸 막기 위해.

그래서 내가 가져온 힌트는 총 세 개.

원래 가지고 있던 '24시간 불이 꺼지지 않는 곳으로 가시 오.'와 '목표는 정상에 있습니다.', 그리고 '어두워 잘 보이지 않습니다.'.

힌트가 좀 더 직관적이었으면 좋았을 텐데.

전부 은유적으로 표현해 놔서 해석하기가 난감한 것들뿐

이었다.

하지만 출연진이 크로노스인 만큼 제작진 측에서 주한 형과 윤찬이만 해석할 수 있을 만한 내용으로 힌트를 주진 않았을 것이다.

은유적인 힌트지만 그냥 보이는 대로 해석한다면.

'24시간 불이 꺼지지 않는다.'

'열쇠는 정상(=건물에서 가장 높은 곳)에 있다.'

'어둡다.'

일단 가장 알아보기 쉬운 정상부터 가 보자.

정상이라 함은 역시 옥상이 제일 가능성 있겠지.

다음 장소로 가려던 그때, 고유준이 주변 눈치를 보며 이곳으로 들어오더니 순식간에 다가와 작게 속삭였다.

"서현우, 반대쪽 다 찾아봤는데 멤버들 없어. 다 3층에 있는 모양인데?"

"어, 우리도 3층으로 가자."

"힌트는 좀 찾았냐?"

"내가 봤을 땐, 3층 아니면 옥상이야."

고유준에게 힌트를 넘겨주고 3층으로 걸음을 옮겼다.

"이게 뭔 말이야······."

고유준은 중얼거리며 날 따라왔다.

"그나저나 진성이는 아까 봤고, 주한 형이랑 윤찬이는 코빼기도 보이질 않네."

"난 아까 보긴 봤어. 둘이 같이 다니는 것 같더라."

"둘이 같이 다녀? 그럼 윤찬이 빼 오기 힘들겠는데."

"그렇다니까. 주한 형이 옆에 있으면 우리 바로 스파이로 몰려서 다시 감옥행임."

"주한 형은 마지막까지 최대한 만나는 것도 피해야 돼."

"무슨 최종 보스 말하듯이 말-."

"최종 보스가 뭐?"

익숙한 목소리가 들려왔다. 우린 동시에 대화와 움직임을 멈췄다.

"……."

제길, 계단을 올려다보는 눈가가 떨렸다. 주한 형이 휴대폰을 손에 쥔 채 계단 위에서 우릴 내려다보고 있었다.

"어?"

"지금 내 얘기 하지 않았어?"

미소 짓는 주한 형의 다정하면서도 의미심장한 얼굴에 우린 당황해서 입이 벌어진 줄도 모르고 그렇게 한참 형을 바라보고 있었다.

내려다보는 모습이 마치 대마왕을 보는 모험가의 기분이었다.

딱히 주한 형이 우릴 괴롭히거나 죽이는 것도 아닌데 왜 이리 긴장이 되는지.

"아니? 아닌데?"

고유준이 되지도 않는 연기를 시작했다. 그러자 주한 형이 조금 더 입꼬리를 올렸다. 그러곤 몸을 돌려 3층 안쪽으로 향했다.

"너희 일단 올라와. 특공대 없는 곳으로 가자. 형 아직 힌트 못 찾은 곳 있거든. 같이 찾자."

"어어! 그래!"

"어!"

우린 서둘러 계단을 올라 주한 형을 따랐다.

주한 형은 우릴 방 안으로 데려와 아무 일 없다는 듯 구석구석을 뒤져 보기 시작했다.

"너희도 얼른 찾아. 이 방만 찾아보면 이제 이 라인 연습실은 다 찾아본 거야."

"벌써?"

"힌트도?"

주한 형이 고개를 끄덕였다.

"힌트가 너무 쉬워서 대충 열쇠가 어디에 있는지 알겠더라. 어딘지는 모르겠는데 진성이랑 유준이가 하도 특공대한테 잘 걸려서 덕분에 여기는 조용했어."

그러고 보니 아까부터 특공대와 관련해서 시끄러운 건 죄다 고유준 아니면 이진성이었다.

두 사람이 여기저기 쏘다니며 소란을 떤 덕분에 조용히 조사하던 주한 형과 윤찬이에겐 피해가 덜 간 모양이다.

"그래서 열쇠 위치도 대강 알게 됐는데."

주한 형이 말을 멈추고 우릴 돌아보았다. 그리고 씨익 미소 지었다.

"너희한테는 안 알려 줄 거야."

"……!"

"형……."

주한 형은 말없이 그저 웃으며 우릴 지그시 바라보았다.

무언가 눈치챈 게 확실한 표정. 또 그걸 확신하는 눈치.

팔에 오스스 소름이 돋아났다. 우리가 스파이임을 들킨 게 확실했다.

주한 형의 시선이 아래로 내려갔다.

"현우랑 유준이 손목에 그건 뭐야?"

아니 소매에 가려진 걸 도대체 어떻게 본 거야?

그 와중에 고유준은 동요를 숨기지 못하고 제 수갑 찬 손목을 등 뒤로 숨겼다.

주한 형이 물었다.

"너희 뭐야? 오늘 뭐 탈출 외에 내가 모르는 뭐가 있나? 우리 편 아니지?"

이렇게 빨리 들킬 줄이야. 것보다 주한 형과 마주치면 무조건 들킬 거라는 건 알고 있었다.

이렇게 빨리 만나면 안 됐는데, 설마 주한 형이 입구에 있을 거라곤 생각 못 했다.

"야……."

고유준이 슬쩍 내 등을 앞으로 밀어냈다. 그러곤 입 모양으로 말했다.

'네가 좀 말해 봐.'

"……알겠다."

난 비장하게 앞으로 나서서 주한 형에게 다가갔다.

"형, 그게 어떻게 된 거냐면-."

난 주한 형에게 내가 탈락한 직후부터 있었던 일들을 간추려 말해 주었다.

"아, 그런 거였구나."

주한 형은 내 말을 모두 듣더니 우리 둘을 한심하게 보곤 픽 비웃었다.

"허술한 녀석들아. 그러니까 너희가 진성이보다 빨리 탈락한 거야."

"아이, 뭐. 아무튼 그랬는데요. 형, 한번만 용서해 주세요."

주한 형이 무슨 소리를 하냐는 듯 고개를 갸웃거렸다. 그러곤 찹찹찹 작게 박수를 보냈다.

"너무 잘했다는 말을 해 주려고 했는데."

"네?"

"뭐?"

주한 형이 활짝 웃었다.

"분량 뽑으려고 나름 노력했구나. 잘했어."

내 어깨에 올려진 주한 형의 손에 어쩐지 힘이 들어가 있었다.

뭐지? 이거, 지금 〈뉴비공대〉에서 분량 못 뽑았다고 눈치 주는 건가?

칭찬이 전혀 칭찬 같지 않다.

"고대로 탈락했으면 너희 한 2분 나오고 말았을걸. 현우가 생각 잘했네."

주한 형은 그렇게 말하곤 나에게 주먹 쥔 양손을 모아 내밀었다.

"자, 체포해."

"어?"

주한 형이 얼른 체포하라며 제 손을 흔들었다.

"사실 열쇠 위치를 너무 빨리 알아낸 것 같아 가지고 어쩌나 했거든. 일부러 특공대 앞에서 능력 발휘라도 하려고 했다니까."

"이 형, 카메라 앞에서 분량 걱정 티 내지 말라고~."

주한 형의 칭찬을 듣자마자 긴장이 탁 풀린 단순한 고유준이 못 말리겠다는 듯 능글능글 말했다.

뭐, 주한 형 돈 욕심, 분량 욕심 많은 거야 고리들도 잘 아는 사실이라 이제 와서 카메라 앞이라고 내숭 떨 것도 없다.

아, 그래서 열쇠를 찾았음에도 불구하고 2층으로 다시 내려오고 있었나 보네. 일부러 특공대 앞에서 능력을 쓸 생각으로.

"근데 잡혀서 어쩌게?"

난 내 손의 수갑을 주한 형에게 채우며 물었다.

"이게 더 그림이 재밌을 것 같아. 이대로 윤찬이도 포섭하자. 그리고."

주한 형이 잠시 생각하더니 아주 즐겁게 말했다.

"넷이 다 같이 무써웡!서 도망다니는 진성이 속이러 가자! 하하! 무써웡!서 우는 거 아닌지 몰라!"

참 여러모로 진성이 괴롭히며 귀여워하길 즐기는 사람이 주한 형이었다.

어두운 비상구.

"허억…… 헉, 도, 도대체 왜 이런 걸 하는 거야?"

제 몸으로 문을 막은 채 숨을 헐떡이던 이진성은 순식간에 울상이 되어 촬영 중인 휴대폰 키메라를 바라보았다.

"어형…… 여러분, 저 진짜 너무 무서워요……."

따지고 보면 무서울 것 하나 없는 상황이었지만 쫓고 쫓기는 상황이 있다는 것만으로 겁 많은 이진성이 겁먹기에는 충분했다.

거기다 여기저기서 들려오는 멤버들의 비명 소리, 특공대의 위협적인 발소리와 탈락된 서현우까지.

그래, 이진성이 이렇게 겁에 질린 가장 큰 원인 중 하나는 서현우가 눈앞에서 탈락했다는 것이었다.

함께 도망치던 그때, 갑자기 특공대의 발소리가 들리지 않아 뒤를 돌아보니 넘어진 서현우 위로 수많은 특공대가 좀비처럼 달려들고 있었다.

그 모습을 본 순간 이진성은 온몸의 피가 마르는 기분이었다.

이건 보통의 게임이 아니다. 잡혔다간 형이 겪었던 그 상황을 자신이 겪어야 할지도⋯⋯.

"어우, 절대 싫어."

이진성은 몸을 떨며 양팔을 쓸었다. 상상만 해도 온몸에 소름이 돋아 왔다.

"여러분, 밖에 지금 발소리가 들리는데 발소리가 사라지면 다시 나갈게요."

휴대폰 카메라를 보고 말하며 이진성은 자신이 있는 곳을 둘러보았다.

어두컴컴한 계단, 아무도 없고 있는 것이라곤 초록 등뿐.

"⋯⋯."

쎄-하다.

이진성은 이런 장면을 알고 있다. 예전 멤버들이 즐겨 보던 스릴러 드라마에서, 꼭 누군가에게 쫓기는 장면에서⋯⋯.

"어윽⋯⋯."

이진성이 저도 모르게 침을 삼켰다. 촬영하다 이런 생각하는 것도 다른 멤버들에겐 절대 말 못 할 우스운 일이긴 하지만.

'여기 있는 것도 무서워!'

이 세상엔 어떻게 이렇게 무서운 게 많지?

스릴러 드라마의 한 장면을 상상하는 순간 차라리 특공대와 마주하고 싶어졌다.

이곳은 너무 어둡고 습하고, 당장 뭐라도 나올 것처럼 음산했기 때문이다.

만약 여기서 대기하고 있는 동안 작은 발소리라도 들린다면……? 절대 참지 못할지도.

괜히 더 어둡고 무서운 아래 계단 쪽을 보려 하는 본능을 애써 참은 채 긴장 속에서 문과 카메라만 주구장창 바라보고 있었다.

두근, 두근.

정적 속에 어떤 기척조차 받아들일 준비가 되지 않-.

덜컥!

"진성아?"

"끼이야아아아악!!!!!"

비상구 문을 열고 들어오는 박윤찬의 모습에 이진성은 소스라치게 놀라며 비상구 전체가 울려 퍼질 정도의 놀라운 비명을 질러 댔다.

"왜, 왜 그래?"

박윤찬은 놀란 얼굴로 물러섰다. 이진성은 박윤찬의 얼굴을 보고서야 겨우 안심이 된 듯 안도의 한숨을 쉬고 황급히 그에게 다가갔다.

"혀엉! 진짜 형 너무 보고 싶었잖아! 이렇게 보고 싶었던 적 잘 없었다!"

"여기서 뭐 하고 있었어?"

"숨어 있었지! 형, 큰일 났어. 현우 형 잡혔어."

"현우 형?"

박윤찬은 아무도 없는 3층의 복도를 돌아보았다. 그러곤 이진성을 일으켜 세웠다.

"일단 나가자. 주한 형한테 들었는데 힌트랑 능력 찾을 건 다 찾았대."

"진짜? 벌써?"

어쩐지 조금 들뜬 듯한 이진성의 모습에 박윤찬이 옅게 미소 지으며 고개를 끄덕였다.

"진성이 무서웠나 보다. 여기 계속 숨어 있었어?"

"……아니! 좀 찾아다니긴 했어!"

하도 긴장하며 바깥 상황에 신경 쓰느라 발견한 건 없지만.

이진성은 혼자 머쓱해하며 일어났다. 박윤찬이 별 반응 없는 걸 보면 분명 그럴 줄 알았다는 거겠지.

박윤찬이 자신에게 별 기대 하지 않았다는 사실을 알아도 상관없었다. 그저 박윤찬이 무척 듬직하게 느껴졌다.

게임도 막바지로 향하는 상황에 이진성에게 기댈 곳이란 박윤찬밖엔 없었다.

이진성이 싱글벙글 웃으며 박윤찬의 뒤를 따랐다.

"형, 근데 우리 어디가?"

"주한 형이 너 찾아오라고 해서. 열쇠 찾았으니까 같이 가야지."

이진성은 한 치의 의심조차 하지 않았다. 그도 그럴 게 오늘은 '다 같이 힘을 합쳐' 해결하는 게임이 아닌가.

짤랑짤랑-.

박윤찬에게서 왜인지 모를 소리가 들렸지만 이진성은 눈치채지 못했다.

강주한, 서현우와는 달리 태어나서 한 번도 자신의 분량에 대해 걱정한 적 없던 이진성은 그렇게 홀라당, 악의 소굴로 들어가는 영웅이 되고 있었다.

Chapter 16.
콘서트 (2)

이 건물에서 유일한 안전지대인 연습실. 이진성이 박윤찬과 함께 문을 열고 들어가자 힌트를 보며 심각한 표정을 짓고 있는 강주한이 두 사람을 바라보았다.

"왔어?"

"형! 힌트 다 찾았다며!"

이진성은 묘하게 평소보다 더 들떠 있었다.

이제 곧 끝난다! 그것도 우리들의 승리로! 역시 크로노스의 브레인 강주한이다!

무서운 건 싫은데 승부욕 하나는 거대한 이진성에겐 무척 반가운 상황!

비록 서현우가 탈락하긴 했지만.

"그런데 유준이 형은?"

이진성의 물음에 강주한이 별일 아닌 것처럼 툭, 가볍게 말했다.

"걔 탈락했어."

"엥? 우리 이렇게 많이 탈락해도 돼?"

생각해 보니 한 명이라도 탈락하면 그냥 실패하는 거 아니던가?

약간 의문이 들긴 했지만 이제 다 끝난 마당에 물어볼 만큼의 궁금증은 아니었다.

아무리 규칙에 안 맞더라도 이런 개인 그룹 예능인 경우 재밌기만 하면 문제없이 진행되는 일이야 많이 겪어 봤으니까.

이번에도 서현우가 너무 일찍 탈락하는 바람에 분량을 채울 수 없어 그냥 모르는 척 진행하는 거겠지.

"그래서 열쇠 위치가 어딘데?"

"열쇠 위치는 생각보다 간단한 것 같아. 3층 비상구 쪽 어딘가에 있어."

강주한이 힌트들을 모두 꺼내 놓았다.

"어쨌든 높고 어두운데 불은 들어온 곳이라고 하거든. 이 건물에서 24시간 불 들어온 곳은 많아도 어두운데 불 들어온 곳은 거기밖엔 없잖아."

"오오……."

강주한의 말에 박윤찬이 덧붙여 말했다.

"처음엔 연습생들도 연습하고 우리도 요즘 거의 여기서 사니까 연습실 말하는 건가 했었어. 근데 아무래도 여긴 연습실이 너무 많으니까."

"비상구 중에 가장 높은 곳, 3층에서 옥상으로 올라가는 비상구 어딘가에 있을 거야."

강주한은 말하며 힌트들을 모아 당연하게 전부 이진성에게 넘겼다.

"……응?"

얼떨결에 힌트를 제 품에 끌어안은 이진성이 당혹스러운 표정으로 강주한을 바라보았다.

강주한은 미소 지으며 단호하게 말했다.

"우리 진성이가 오늘 과연 보람 있는 하루를 보냈을까?"

카메라 앞이라 대놓고 말은 안 했지만 오늘 하루 도망치고 숨어 있는 거 외에 그룹의 탈출에 공헌한 게 뭐가 있냐는 말이었다.

"아, 아니……."

물론 강주한도 알고 있었다. 이진성은 오늘 하루 도망치고 숨고 소리 지르기 바빴지만 사실 그것만으로 이진성의 역할을 제대로 한 것과 다름없었다.

방송 분량을 제대로 뽑았을 테니까.

하지만 이걸 이진성이 자각하게 해서는 안 된다. 그럼 계획한 그림이 나오지 않을 것이다.

강주한이 박윤찬에게 눈짓했고, 박윤찬이 이진성에게 말했다.

"진성이가 우리 중에 제일 달리기도 빠르고 찾는 것도 잘하니까 진성이가 앞장서서 다녀와 보는 게 어때?"

"어? 형들은?"

"우리는 다른 데 찾아봐야지. 확실한 건 아니니까."

"지금 시간이 얼마 안 남아서 흩어져서 찾아봐야 해. 가장 가능성 있는 곳이 그쪽이라는 거지."

이진성은 한참이나 주저하다 결국 고개를 끄덕였다.

"할게."

동갑내기 콤비(서현우, 고유준)가 없는 지금, 달리기가 제일 빠른 건 자신이었다.

힌트고 능력이고 후반부쯤엔 거의 포기하고 열심히 도망 다닌 것도 사실이긴 하고.

"한다!"

이진성이 강주한과 박윤찬을 바라보았다. 저 힘없고 나약한 두 사람이 잡혀서 혼자 탈출하는 것보단 무서움을 극복하는 게 나아!

"우리 진성이 너무 멋있다!"

이진성은 강주한의 칭찬에 힘입어 일어났다. 자신이 이 게임을 승리로 이끌어야 한다는 정의감에 불타올랐다.

짤랑-.

"······응?"

어디서 짤랑이는 소리가 나는데 잘못 들었나?

아무튼 이진성이 움직였다.

"그럼 다녀올 테니까 형들은 조심해서 다른 의심 가는 곳 다녀와."

"그래~."

이진성은 주변을 두리번거리며 밖으로 나섰다. 아까까지만 해도 2층에 특공대가 그렇게 많았는데 이상하게 지금은 소수를 제외하곤 잘 보이지 않았다.

'후반이라고 사람이 좀 빠진 건가?'

그렇다면 차라리 다행이었다. 비상구로 올라가기 훨씬 쉬워질 테니까.

"음, 그나저나 비상구 어디에 있다는 말일까요. 아까 제가 갔을 때는 없었거든요."

이진성이 휴대폰 카메라에 대고 말했다.

그는 비상구의 한 군데에서만 있었던 것이 아니었다. 아무리 도망쳐 있어도 가만히 있기엔 양심이 찔려 비상구 안에서 여러 층을 돌아다녀 보았다.

그때는 딱히 열쇠로 의심할 만한 곳이 없었는데.

"어쨌든 한번 가 볼게요."

이진성이 의아함을 뒤로한 채 3층 비상구에 도착했다.

역시나 어둡고 음습한 분위기. 들리는 거라곤 계단을 오르는 이진성의 발소리와 숨소리가 전부였다.

귀신이든 사람이든 정말 뭐 하나는 나올 것 같은 이 분위기는……. 아무리 결심하고 온 이진성이라도 감당하기 참 힘든 위화감이었다.

"아, 이럴 땐 현우 형이나 윤찬이 형이랑 같이 와야 하는데. 그래야 덜 무서운데."

귀신같은 건 믿지도 않을 것처럼 보이는 서현우나 의외로 무서움이 없는 박윤찬과 함께 있으면 무서움도 사라지고 진행도 빨라지곤 했다.

"무서워, 무서워요, 여러분."

정말 간간이 보이는 초록 비상구등, 그 외에는 완전 어둠. 무서운 만큼 괜히 휴대폰에 말을 걸며 3층 비상구 이곳저곳을 뒤지고 있을 때였다.

"진성이 안녕?"

"……!"

비상구의 한 층 아래에서 들리는 목소리. 한 명? 아니, 아닌가?

아무튼 누군가 이진성을 만나러 계단을 오르고 있었다.

긴장감이 최고조에 다다랐을 때 내 이름을 부르는 누군가의 목소리를 들은 적 있는가.

이를테면 공포 영화나 숨바꼭질의 절정에 이르렀을 때처럼 긴장감이 감돌 때 말이다.

심지어 이름을 부르는 상대는 무척 여유롭고 심지어 한 사람이 아닌 듯했다.

그러나 다른 무엇보다도 이진성을 가장 무섭게 하는 사실은 이름을 부르는 게 바로 죽은(탈락한) 서현우의 목소리라는 것이었다.

이진성은 식은땀이 흘렀다. 손끝부터 온몸이 차가워지는 느낌이었다.

물론 서현우가 진짜 죽었다는 말은 아니지만 마치 유령이라도 봤을 때와 같은 현상이었다.

터벅터벅 울리는 발소리와 짤랑거리는 무언가의 소리가 함께 들렸다.

짤랑- 짤랑-.

"진성아, 어딨어."

짤랑-.

"몇 층에 있을까. 아까 목소리는 들렸는데."

"어, 저, 저……."

그러고 보니…… 저 짤랑이는 소리 아까 박윤찬에게서도 강주한에게서도 들려왔었는데?

이제야 이상함을 알아차린 이진성이 서서히 뒤로 물러서

는 순간.

"찾았다."

계단 아래서 자신을 보며 웃고 있는 서현우가 있었다.

"으아악!"

이진성이 서현우의 얼굴을 보며 이렇게 소리를 지른 적 있을까?

천천히 계단을 올라오는 웃는 얼굴, 그리고 그 뒤에 보이는 또 다른 탈락자 고유준까지.

"……진성아?"

"흐핫! 쟤 굳은 거 봐. 진성아, 우리가 무서워?"

고유준의 물음에 잠시 생각이 멈췄던 이진성이 그제야 정신을 차렸다.

서현우와 고유준, 가뜩이나 팀 내에서 가장 차갑게 생긴 둘이 어두운 곳에서 저러고 있으니 더 무섭다.

"형들, 지금 이거 무슨 상황인지는 모르겠는데 하나는 확실히 알겠어."

지금 바로 도망쳐야 한다는 사실.

이진성이 다급히 비상구의 문을 열어젖혔다. 그리고 다급히 그곳을 벗어나 달리기 시작했다.

"도망친다! 잡아!"

고유준의 목소리와 함께 뒤에서 두 사람이 쫓아오는 소리가 들려왔다.

건물 복도에서의 추격전, 상황을 보아하니 이미 열쇠는 저들의 손에 들어간 게 틀림없다.

그럼 게임은 어떻게 되는 거지? 두 사람한테 잡히면 어떻게 되는 거지?

"아니 저 형들 뭐가 저렇게 빨라?"

이진성은 아무것도 알고 있는 게 없지만 일단 달렸다. 그냥 분위기상 그래야만 할 것 같았다. 그 와중에도 휴대폰 카메라를 놓지 않은 게 용했다.

하지만 이진성의 달리기가 다른 이들보다 빠르다고 해도 쫓아오는 두 사람보다 빠르지는 않았다.

서현우와 고유준은 계주 출신으로 연예계에서도 발 빠르기론 순위권에 드는 인간들이었다.

그런 두 사람을 어떻게 이길 수 있을까. 세 사람의 거리는 점점 좁혀지고 있었다.

"살려 주세요!!!"

달리며 외쳐 보았지만 이진성을 도와주는 이는 아무도 없었다.

끽! 끼익! 운동화 마찰음이 신랄하게 들려왔다.

이진성은 쫓기다 쫓기다 정신을 차려 보니 어느새 다시 2층으로 돌아와 있었다.

그때 2층 연습실에서 대기 중이던 강주한과 박윤찬이 문을 박차고 튀어나왔다. 강주한이 손바닥을 펼쳐 뻗으며 이진성에게 소리쳤다.

"멈춰!!!"

참 이상한 일이었다. 뭘 하다가도 강주한의 말엔 저도 모르게 몸이 움직이는 게.

이번에도 그랬다. 강주한이 멈추라고 했지만 이진성은 여기서 멈추면 안 된다는 걸 알고 있었다.

그런데도 불구하고 멈추라는 소리에 진짜로 몸이 멈춰 버리는 것이 아닌가.

이진성이 저도 모르게 움찔하며 일시적으로 멈췄다가 정신 차리고 다시 달리려는 차, 금세 따라잡은 서현우와 고유준에게 잡혀 버렸다.

"아! 뭔데! 이거 뭔데요……! 다들 왜 이러는데!"

"진성이 수갑부터 채우자."

"오늘은 다 같이 협동하는 날 아니었어?"

그동안의 울분을 토해 내는 이진성은 무척 억울하고 서글퍼 보였다.

"나만 속은 거야? 다른 멤버들 다 같은 편이야? 와, 진짜."

울먹거리는 이진성을 보며 멤버들이 깔깔 웃다 수갑을 모두 채우곤 일제히 달려들었다.

"다들 진성이 안아 줘."

"미안, 미안. 고의는 아니었는데."

"우리가 생각보다 게임 되게 못하더라고. 너무 빨리 탈락했잖아. 하학!"

"그럼 탈출은? 고리들 선물은?"

이진성의 말에 서현우가 열쇠를 들어 보였다. 이진성의 얼굴이 울긋불긋하게 변했다.

"아, 뭐야! 나 진짜 무서웠어……."

"자, 이제 가자. 진성이 감옥으로 연행해."

"옙!"

멤버들이 이진성의 양팔을 포박한 채 감옥으로 향했다.

감옥엔 서현우를 시작으로 후반부엔 의도치 않은 이진성의 하드 캐리까지 지켜보며 기쁨에 차 현장으로 내려온 감독이 있었다.

"여러분 모두 고생하셨고요. 계획보다 훨씬 더 재밌는 그림이 나온 것 같아서, 열심히 해 주셔서 정말 감사해요."

"재밌었습니다."

"우선 현우 씨의 제안대로 현우 씨는 성공하셨고요. 고리분들께 드리는 선물 역시 지급해 드리겠습니다."

"와아!"

"잠깐, 현우 형이 성공이라는 건 무슨 말이야?"

감독은 영문을 몰라 하는 이진성에게 상황에 대해 설명했다. 그는 모든 설명을 들은 뒤에야 상황을 이해하고 냉큼 서현우를 노려보았다.

당연하게도 분량을 채워 몹시 만족한 서현우는 막내의 째

려봄 따위 별로 신경 쓰지 않았다.

"방송은 콘서트 티켓 예매일 이전에 너튜브 컨텐츠로 공개
될 거예요."

촬영이 마무리되었다. 잠깐의 짧은 게임과 촬영이 끝난 후
크로노스는 아무 일도 없었다는 듯 다시 콘서트 연습에 몰두
하는 나날이 계속되었다.

♪♫♬

"지난번 촬영했던 탈출 게임 편집이 완료되었다고 하는
데, 한번 볼래?"

태성 형의 물음에 고개를 끄덕였다.

"네, 근데 숙소 가서요."

태성 형은 백미러를 보며 고개를 끄덕이는 것으로 대답을
대신했다.

곧 콘서트 예매가 시작한다.

우린 훨씬 빡세진 연습과 더불어 콘서트 홍보를 위해 방송
출연, 큐앱 라이브 등을 틈틈이 소화해 냈다.

콘서트가 목적인 스케줄들이라 일정이 그리 많지도 않아
서 촬영과 라이브는 꽤 할 만했다.

콘서트 연습으로 인한 피로감은 어쩔 수 없지만.

하지만 크로노스의 모든 일정이 오로지 콘서트에만 집중

되어 있는 이런 상황에서도 벌여 놓은 일은 모두 거두어들여야만 했다.

오늘은 얼굴 없는 가수 이든의 첫 번째 방송 스케줄이 있는 날, 난 무척 긴장하고 있는 중이다.

"레나 선배님 되게 철저하신 것 같아요."

스케줄을 잡아 준 레나 선배님은 우리에게 꼭 차량을 바꾸고 내 정체를 숨겨 달라 했다.

대세 가수 레나가 직접 프로듀싱해 대중 픽을 받은 가수이든인 만큼 그 정체는 대중의 관심사다.

그런 큰 화젯거리를 만든 상황에서 이든의 첫 방송부터 정체를 들킬 수는 없으니까.

당연히 우리 소속사도 정체를 가릴 생각이긴 했지만 설마 레나 선배님 측에서 차량까지 따로 보내 줄 거란 생각은 아무도 못 했을 거다.

아무튼 이 정도로의 철통 보안 속에서, 심지어 난 평소에 입을 법한 사복과는 전혀 다른 차림을 하고서 레나 선배님의 소속사로 향하는 중이다.

오늘은 도중 매니저님도 바뀌고 온종일 정체를 숨기고 있어야 하니 정신적 소모가 상당할 거다.

생각해 보면 매 촬영 때마다 정신 소모를 상당히 하는 것 같은데 이 정도면 그냥 예능이 나한테 맞지 않는 게 아닐까.

시답잖은 생각을 하는 사이 차는 레나 선배님의 소속사 주차장으로 들어섰다.

똑똑-.

레나 선배님이 선글라스를 낀 채 차 창문을 두드렸다. 그러곤 허락 없이 문이 열리고 활기찬 목소리가 들려왔다.

"오랜만이야~. 콘서트 준비는 잘돼 가? 많이 바쁘지? 바쁜데 일정 잡아서 미안해."

"아, 아뇨. 일정 있어서 좋습니다. 선배님은 잘 지내셨어요?"

"그럼! 잘 지냈지. 웬만하면 콘서트 후로 스케줄이 잡혔으면 좋았을 텐데! 섭외하신 PD님이 우리 대표랑 친하다고 멋대로 오케이해 버렸대."

와엠과 크로노스 입장에선 물론 콘서트 연습 중이긴 해도 공중파에 시청률 또한 높은 방송이라 무척 감사한데 말이다.

콘서트가 얼마나 많은 피로와 시간을 잡아먹는지 잘 알고 계셔서 더 미안해하시는 것 같다.

역시 대한민국에서 연내 콘서트를 가장 많이 한다는 레나 선배님답다.

"아무튼 저번 미팅 때 말했지만 노래는 물론이고 토크할 때도 음성 변조는 안 할 거야."

"네."

"괜히 음성 변조했다가 '남들이 다 아는 유명인이라 음성 변조까지 하는 거 아니야?' 하는 의심을 살 수 있으니까."

하긴 유명인이 아니라면 정체를 숨기는데 음성 변조까지

할 이유가 없으니까.

"그러니까 최대한 말수를 아끼고, 말해야 할 때는 목소리를 좀 바꿔서 내는 것으로. 이것도 저번에 말했지?"

"네, 그런데 선배님, 말수를 아끼면 분량은……."

레나 선배님은 내가 말을 마치기도 전에 고개를 저었다.

"분량 생각하는 거 보니까 어느새 신인 티를 벗은 것 같아서 내가 다 기특하고 좋긴 한데~ 이번엔 아니야."

레나 선배님과 대화를 나누는 사이 레나 선배님 소속사에서 나온 매니저님과 태성 형이 자리를 바꾸었다.

"이번엔 분량 안 챙겨도 돼. 네가 딱히 안 챙겨도 모두가 너한테만 주목할 테니까."

확신에 차서 말한 레나 선배님은 씨익 웃곤 잘 부탁한다는 말과 함께 자신의 차량으로 향했다.

"참 멋있는 분이죠?"

운전대를 잡은 레나 선배님 측 매니저님이 들뜬 채 말했다.

"네, 정말 멋진 분이세요."

데뷔 전 오디션 프로 촬영 때부터 생각했던 것이었다.

"하하하! 전 가수는 아니지만 레나 누나를 여러모로 존경하게 되더라고요. 그럼 출발할게요!"

차가 주차장을 빠져나와 방송국으로 달리기 시작했다.

흰 장갑과 체격을 가늠할 수 없을 정도로 큰 양복 그리고 얼굴 전체를 가린 복면.

이런 차림을 하고 방송에 나갈 기회는 좀처럼 없을 터다.

복면 때문에 답답하고 숨 쉬기도 좀 불편한데, 그래도 말하고 노래하는 데는 별문제 없었다.

의상을 갈아입고 방송국에 도착해 차에서 내리자 복면 가수 이든을 기다리고 있던 기자들의 셔터 세례가 쏟아졌다.

"이든 씨! 여기 한번 봐요!"

이든의 정체에 대해 사람들의 관심이 지대하다는 건 사람들의 말이나 각종 SNS 등으로 체감하고 있었지만 이 정도일 줄이야.

음악 방송도 아니고 예능 스케줄이 잡혔다고 기자들의 뜨거운 환대를 받는 기회는 잘 없지.

"오른쪽으로!"

"손가락 하트! 아이, 하트 하라고!"

코어 팬층 없는 신인에게 무례하게 구는 기자들의 태도는 크로노스일 때보다 더 심해지긴 했다.

커다란 슈트가 복면 여부와는 상관없이 민망해 자세 잡기를 주저거렸으니 그게 역으로 일반인처럼 보일지도 모른다고 생각했다.

"이든 씨! 말 한마디만 해 줘요! 신인이라 모르는 거야? 잘 부탁한다 이런 말은 해 줘야지!"

비교적 구석에 있던 기자가 큰 소리로 역정 내듯 말했다. 잘 부탁한다고 인사해야 하는 거 알고는 있지만 자세 잡고 있을 때 해야만 하는 건 아닐 텐데.

꼭 이런 식으로 신인을 괴롭히는 기자들이 있다니까.

기자들이 하는 말대로 오른쪽, 왼쪽 움직이며 자세를 잡고 '감사합니다.' 어설픈 척 읊조린 후 건물 안으로 들어왔다.

현장에 도착하자마자 리허설을 마치고 대기실에 들어가니 레나 선배님이 이미 도착해 우릴 기다리고 있었다. 그사이 겨우 잠깐 복면을 벗고 숨을 돌릴 수 있었다.

"후우."

복면을 손에 쥔 채 차오른 숨을 고르고 있는데 레나 선배님이 다가와 앉았다.

"현우, 고생했지?"

"아니에요. 괜찮습니다."

괜찮다고는 말했지만 정체를 숨긴 채 하는 개인 활동은 좀 어렵긴 했다.

크로노스라는 이름표가 사라지고 일면식도 없는 사람으로서 있다 보니 뭐라고 해야 할까.

믿을 구석이 없다? 뭐, 그런 느낌이었다.

"현우야, 지금부터 한 바퀴 쫙 돌면서 사람들한테 인사하러 다닐 거거든. 알아서 잘하겠지만…… 알지?"

"네, 최대한 조심할게요."

제작진도 연예인도 모르는 신비주의 가수 이든.

우린 비밀이 새어 나갈 구석이 아예 없을 수 있도록 최대한 다른 사람처럼 행동하며 제작진, 출연진에게 인사하러 다녔다.

"이든 소속사는 우리 쪽으로 되어 있어서 출연비도 일단 우리 쪽으로 들어오거든. 그래서 제작진도 말 안 하면 모를걸."

인사하러 다니는 동안 은근슬쩍 정체를 떠보는 사람도 있었지만 레나 선배님이 옆에 함께 있어 깊이 파고들어 물어보거나 하지는 않았다.

제작진이 업신여기지 않는 가수 중 한 사람이고 웬만한 경력의 기성 가수, 탤런트에게도 레나는 대선배급일 테니.

방송국을 돌며 사람들에게 인사하고 다시 대기실로 돌아오자 곧 스태프에게서 촬영 시간이 되었다는 안내를 받았다.

대기실에서 나가기 전 레나 선배님은 아까보다 더 진지한 표정으로 나에게 말했다.

"현우야, 팬들은 상상 이상으로 눈치도 빠르고 영리해."

"네."

"이미 이든의 정체 후보로 네 이름이 많이 거론되고 있는 거 알지?"

고개를 끄덕였다.

"네, 알고 있어요."

이름이 거론되다 못해 이미 나라고 확신하는 사람도 있었다.

각종 커뮤니티뿐만 아니라 너튜브에서도 '이든이 크로노스 서현우라고 확신하는 이유' 등의 제목으로 영상이 올라오고 있었고.

물론 확신되는 인물이 나뿐이 아닌 여럿이라 이렇게 숨기는 게 다행히도 그렇게 의미 없지는 않았다.

내가 이든인 것 같다는 말은 아이돌에 관심 있는 사람들, 특히 고리들 사이에서 확산되고 있는 말이었다.

특히 콘서트 준비, 휴가 등의 휴지기에 이든이 데뷔했던지라 더 나일 가능성이 높다고 보는 것 같았다.

맞는 말이긴 하지 뭐.

아무튼 레나 선배님의 말씀은 이미 이든이 나임을 염두에 두고 방송을 보는 사람이 있을 테니 언제나 행동을 조심하라는 거다.

똑똑.

문을 두드리는 소리에 황급히 얼굴 위로 복면을 뒤집어썼다.

"네!"

레나 선배님의 대답에 곧 문이 열리고 방송 스태프가 얼굴을 내밀었다.

내가 아니고 레나 선배님을 찾으러 온 스태프였다.

"앗, 레나 씨 여기 계셨군요. 촬영 시작합니다. 스튜디오로 와 주세요."

레나 선배님은 내 어깨를 툭툭 두드리고 의자에서 일어났다.

"잘해라, 이든."

"네, 감사합니다."

나도 자리에서 일어나 고개를 숙이자 레나 선배님이 손을 흔들며 대기실을 나섰다.

그때부터 함께 있던 매니저님도 나를 이든이라고 부르기 시작했다.

"이든 씨, 밖에 저희 스태프 있으니까 대기하시는 동안 복면 벗고 계셔도 돼요. 나갈 때만 조심해 주세요."

"네!"

"방송 특성상 대기가 길어요. 목은 안 마르세요?"

"아, 저 괜찮습니다."

난 생수병을 들어 보이곤 이어폰을 귀에 꽂았다.

방송 이름은 〈내 가수를 소개합니다〉.

패널의 출연진은 각자 한 명(또는 한 팀)씩 신인, 무명 가수들을 데려와 시청자들에게 소개한다.

소개된 이들은 공통점이나 주제는 없이 시청자들의 신청과 투표로 선곡된 곡을 불러 경쟁한다.

방청객들의 투표를 통해 정해진 1위부터 3위까지의 가수와 소개한 출연진은 천만 원 상당의 상금과 함께 다음 회 차 출연권도 가지게 된다.

나는 〈내 가수를 소개합니다〉 43회에 출연하는 새로운 가수였고, 소개인은 당연히 레나 선배님이었다.

크로노스라면 몰라도 결코 나 혼자서는 출연 불가능한 SES 최고 시청률 예능 프로그램에 레나 선배님 덕분에 출연하게 되었으니 실수 없이 잘해야 한다.

나에게 주어진 선곡은 박상의 〈고동색 찻집에서〉.

70년대쯤, 청년이 여름밤 첫사랑에게 쓴 편지를 읽듯 잔잔히 불러야 하는 곡이다.

원래 고음이라는 건 존재하지 않는 곡인데 편곡으로 후반 높게 치고 나가도록 만들었다.

감정은 감정대로 살리고 편곡 때문에 고음은 고음대로 살려야 하니 괜찮을까 했다만, 레나 선배님은 여러모로 나에게 가장 잘 어울리는 곡일 거라고 말했었다.

그리고 레나 선배님의 말대로 연습을 시작하자마자 '생각보다 쉽네?' 하고 느꼈다.

이곡에 들어가는 음색과 감정이 내 목소리, 취향과 딱 맞아떨어져 난이도와 별개로 나에겐 어렵지 않은 곡이었다.

대기실에 틀어박힌 지가 한참. 드디어 스태프가 문을 두드리고 들어와 차례가 되었음을 알렸다.

"가시죠."

이든의 스태프들과 함께 스튜디오로 향하는 복도를 지나는 동안 사람들의 시선이 나에게 집중되는 것을 느꼈다.

출연 가수 중 혼자만 복면을 쓰고 있으니 당연했다.

"이든이야?"

"헐, 이든 복면 쓰고 나와?"

"어떻게 출연하나 했더니 저렇게 나오는구나."

화젯거리는 당연히 이든의 실물과 복면이었다.

내 꼴을 속닥거리며 비웃는 소리도, 신기해하는 소리도 전부 다 들렸다.

난 저들을 모른 척하며 지나쳤다. 어차피 나 들으라고 한 말은 아닐 거고.

"이든 씨 들어갑니다!"

"안녕하세요. 이든입니다."

인사하며 세트장 뒤편으로 들어가자 이미 공연을 마친 출연진을 포함한 모두의 시선이 나에게 향했다.

"안녕하세요, 이든 씨. 처음 뵙죠?"

공연자 중 한 명인 오유월 씨가 내 복면과 큰 어깨뽕 양복을 신기하게 바라보며 인사했다.

오유월은 올해로 데뷔한 지 1년 반이 조금 넘은 밴드의 보컬 멤버다.

나와 나이도 같고 데뷔한 시기도 비슷한데 중소보다 작은 소기획사와 계약해 빛을 못 보고 있는 사람이었다.

3회 앞선 40회부터 출연해 연속으로 2위를 따내 순식간에 솔로로서 인지도가 훅 올라갔다.

이번에도 출연한 걸 보면 아직 방영 전인 42회에서도 출연권을 따낸 모양이다.

크로노스로 치면 데뷔는 비슷하게 했지만 일단 나는 서현우가 아닌 이든이니까 후배 가수로서 예의 바르게 인사해야겠지.

"안녕하세요. 오유월 선배님, 이든입니다."

그러자 오유월 씨가 화색이 되어 말했다.

"와, 저 후배한테 인사 처음 받아 봐요. 뭔가 되게 신기하고 기쁘다."

그러곤 내 어깨뽕으로 가득한 어깨에 조심스럽게 손을 올리더니 작게 두드리고 지나쳤다.

"무대 잘하세요. 파이팅! 뒤에서 보고 있을게요."

"감사합니다."

벌써 세 번이나 출연권을 따낸 자의 여유일까. 오유월은 긴장하거나 순위를 걱정하는 기색도 없이 현장을 떠나갔다.

난 고개를 바로 하고 무대 위를 바라보았다.

"자, 다음 '마이 픽 싱어'를 소개해 주실 분은요! 대한민국 최정상 대세 가수, 어우, 대한민국에서 이분 곡 안 듣는 분 없죠? 레나 씨께서 출연해 주셨습니다!"

"안녕하세요. 좋은 밤입니다. 레나입니다."

MC 서한의 진행에, 보이진 않지만 패널석에 있을 레나 선배님의 목소리가 들렸다.

"오늘 제가 소개할 '마이 픽 싱어'는요."

레나 선배님의 말이 잠시 멈췄다. 방송으로 치면 가수를 소개하기 전 '뚜둔!' 같은 효과음과 함께 긴장감을 주는 연출이 나올 만한 타이밍.

뜸을 들이던 레나 선배님이 말했다.

"제가 직접 선택하고 프로듀싱한 가수 이든입니다."

레나 선배님의 말에 패널과 방청석에서 감탄사들이 튀어나왔다.

"오, 이든이라면 저도 여기저기서 많이 들어 본 적 있는데요."

MC 서한이 물었다.

"분명, 음, 아직 얼굴이 공개되지 않으신 분 아닌가요? 저는 그렇게 들었거든요, 얼굴 없는 가수라고."

"네, 맞습니다. 아직 얼굴을 밝히지 않았는데요. 오늘 특별히! 이 방송에서!"

레나 선배님이 또 뜸을 들이자 방청석이 술렁였다. 레나 선배님과 같은 패널들이 '오오? 설마?' 등의 리액션 하는 소리가 들렸다.

"방송에서……! 공개하지는 않고요."

"에이! 레나 씨! 그런 거 하지 말아요."

서한이 들고 있는 큐카드를 흔들어 보였다.

"저, '여기 대본에 없는데 설마 공개하나?' 하면서 기대했잖아요!"

"하하, 죄송해요! 공개는 안 하고요. 데려왔습니다. 굉장히 실력이 좋은 친구인데 라이브 하는 모습도 보여 드리고 싶어서요."

"네, 좋습니다. 그럼 레나 씨, 정식으로 소개 부탁드릴게요."

"네! 소개하겠습니다. 레나의 '마이 픽 싱어'. 이든입니다."

레나 선배님의 소개와 함께 무대가 암전되었다.

"이든 씨, 무대로 들어갈게요."

"네!"

술렁이던 방청석이 조용해졌다. 난 스태프의 안내를 받아 무대로 올라갔고 곧 양쪽의 중형 화면에 이든을 소개하는 영상이 재생되었다.

얼굴이 밝혀진 게 아니라서 소개 영상이라고 해도 뮤직비디오 장면도 못 쓰니—뮤직비디오에 내가 나오지 않는다—사용된 소스라곤 음원과 바랜 꽃 사진으로 장식한 앨범 재킷 사진이 전부였다.

그러나 그뿐인 허접한 설명이라도 오늘 가장 기대받는 가수는 나다.

영상의 끝과 함께 정적이 환호로 바뀌었다. 그리고 편곡된 〈고동색 찻집에서〉의 전주와 함께 무대 위 내 존재가 드러났다.

조명이 날 비추자 패널의 출연진 중 몇몇이 자리에서 벌떡 일어나며 큰 리액션을 취했다. 그리고 몇몇은 내 모습을 보며 웃어 댔다.

무대 위가 워낙 밝아서 어두운 곳에 있는 방청객들은 보이지도 않았고, 레나 선배님과 대화를 나누거나 혼잣말하는 출연진이 보였지만 나에겐 들리지 않았다.

복면 때문에 시야가 가려져서 잘 보이지 않는 게 오히려 나한테는 좋을지도. 생각보다 긴장이 되진 않았다.

레나는 입술을 축이며 무대에 집중했다.

자신의 무대도 아니고 타인의 무대를 보며 이렇게 긴장한 건 데뷔한 이래 처음 있는 일이다.

처음부터 레나가 재능을 키워 준 사람은 아니지만 레나의 프로듀싱과 레나의 곡, 그녀의 레슨으로 태어난 아티스트의 첫 라이브 무대였다.

'물론, 물론 현우가 잘하는 건 알고 있지만!'

레나는 무대에 선 서현우가 혼자 짊어진 부담감을 잘 알고 있었다.

마지막 마이 픽 싱어! 얼굴 없는 가수 이든!

드디어 이든의 소개 영상이 끝나고 방청객 그리고 패널들의 환호 소리와 함께 무대 위 조명이 밝아졌다.

레나는 패널들과 함께 박수를 보내며 다시 입술에 힘을 주었다.

복면 차림의 이든이 모습을 드러냈다.

출연자고 방청객이고 할 것 없이 모두가 궁금해하던 이든의 실물. 그러나 그의 모습이 보이자 환호보다는 큰 술렁임이 일었다.

확실히 실물은 실물이었다.

그러나 얼굴은커녕 머리카락 한 올 제대로 보이지 않는 복면.

어깨뽕이 심하게 들어가 옷태는커녕 촌스럽기까지 한 양복.

심지어 손 크기조차 가늠하지 못하게 하겠다는 의지가 분명히 드러난, 널널한 장갑까지.

이건 뭐, 기대했던 바와 궁금증이 전혀 해소되지 않아 당혹스러울 지경이었다.

방청객들뿐만 아니라 패널들도 술렁거렸다.

"완전히 싹 다 가려 버렸네. 와, 진짜 저건 몰랐다."

"저러면 오히려 의심스러운데? 알고 보면 나 아는 사람 아니야?"

"아니이힛! 다른 건 그렇다 쳐도호! 레나 씨, 저 어깨뽕 재킷은 너무한 거 아니야? 하하!"

"저걸 쓰고 노래를 부를 수 있어? 나 〈내가소〉 출연하면서 중무장하고 온 사람 처음 봤어~."

그들의 리액션에 레나가 거들먹거리듯 말했다.

"이 정도는 준비해 줘야 얼굴 없는 가수 키운다 하죠!"

사실 패널들은 이든이 어떤 모습으로 등장할지 이미 알고 있었다. 레나가 리허설 후 그렇게 열심히 돌아다니며 인사시켰는데 모를 수가 있겠는가?

그래서 레나는 분위기에 맞춘 대답 이상의 반응은 보이지 않았다.

영혼 없는 리액션들이었고, 지금은 패널들의 반응보단 서현우의 무대가 더 중요했다.

짧은 사이 전주가 끝이 나고 이든이 노래를 시작했다.

그대여
기다림도 아쉽기만 합니다
풀잎의 반딧불은 은하수를 그리고
귀뚜라미 울며 추억을 만드는데
당신은 언제쯤 제 곁으로 오시나요

웅성이던 패널들이 입을 다물고 노래에 집중하기 시작했다.

이든 특유의 절절하면서 슬픈 목소리가 〈고동색 찻집에서〉의 담담함을 표현했다.

처음 이든의 선곡이 발표되었을 때까지만 해도 혈기왕성

한 20대 청년이 이런 그 시절 감성, 툭 털어놓는 표현을 잘할 수 있을까 내심 생각하는 패널들이 꽤 있었다.

이 곡의 원작자는 올해 60세가 되는 박상. 세상풍파 다 겪은 목소리로 부르는 게 특징인 곡이었기 때문이다.

이런 곡을, 이든은 털털함 대신 조심스럽고 소중하게 불렀다.

물론 원작의 목소리가 머릿속에 맴돌았지만 워낙 이든의 목소리와 감정 표현력이 뛰어나 이 버전도 기분 좋게 들렸다.

원곡의 색이 강한 곡을 거슬림 없이 부르는 게 무척 힘들다는 걸 패널들은 잘 알고 있었다.

거기다 더해 원곡을 잘 모르는 지금의 10대-30대에게 이든 버전의 〈고동색 찻집에서〉을 먼저 들려준다면 오히려 걸걸한 원작보다 선호하는 사람이 있을 거라고 생각하는 패널도 꽤 있었다.

저 특유의 목소리와 표현력 때문에 곡이 진행되어 갈수록 감정이 끓어오르고 점점 몰입되어 갔다.

그러면서도 계속 드는 호기심. 저 복면 안에 도대체 누가 있는 걸까?

보고 싶습니다

그대도 제가 보고 싶은가요

바람이 닿아

오늘도 고동색 찻집에서

우리 만날 수 있기를

사실 서현우에게 〈고동색 찻집에서〉의 감정 표현은 무척 쉬웠다.

그럴 수밖에 없는 게, 이든의 첫 데뷔곡을 녹음할 때 '배신감에 집 안 모든 것을 때려 부수고 지쳐 담담해진 목소리'를 레나에게 주문받은 적이 있었지 않은가.

온종일을 그 감정이 무엇인지 고민해 보고 분석해 보고 돌파구까지 마련해 보며 몇 시간이나 노래를 불렀던 서현우에게 담담한 목소리를 만드는 일은 어렵지 않았다.

여러 번 연습을 거치며 그때의 상황을 응용하니 빠르게 감을 잡을 수 있었다.

'오늘 이든 컨디션 괜찮네.'

연습, 리허설 때보다 훨씬 좋고 이대로라면 고음도 잘 올라갈 테지.

'우리 애는 실력으로 뽑은 거거든!'

레나가 자랑스럽게 서현우를 지켜보다 주변 패널들의 반응을 살폈다.

다들 리액션 하는 것도 잊은 채 노래를 감상하고 있었다.

레나팀 특유의 후반으로 갈수록 몰아치는 편곡, 원곡에는 없던 이든의 고음으로 하이라이트.

목소리와 잘 어울리는 곡에 좋은 실력이 있는데 어찌 반응

하지 않을 수 있겠나.

이든이 노래를 끝마칠 때쯤엔 이상한 차림으로 웅성이던 현장이 환호로 가득해져 있었다.

노래를 끝냈다.

최근 스케줄은 거의 없고 콘서트 연습 등으로 언제든 노래 부를 준비가 되어 있는 목 상태다 보니 꽤 괜찮게 잘한 것 같았다.

낯선 환경에 혼자 무대에 올라가는 건 복면 덕분에 무마가 되어서…… 아무튼.

노래에 몰입하느라 이제야 패널들과 방청객들의 반응이 눈에 들어왔다.

데뷔 전 경연 프로그램에 출연해 봐서 아는데 이런 반응은 상당히 좋은 반응인 편이다.

순위에 들지 어떨지는 모르겠지만.

환호는 방송에 전부 담길 수 있도록 길게 이어졌고, 마이크를 든 채 뻘쭘하게 서 있는 사이 MC 서한이 패널석 앞 단상 위로 등장했다.

"네! 잘 봤습니다, 이든 씨."

"감사합니다."

"레나 씨의 '마이 픽 싱어' 이든 씨께서 박상 선생님의 대표곡 〈고동색 찻집에서〉를 커버해 주셨는데요. 정말 너무, 너무 좋았습니다. 그렇죠? 여러분! 정말 너무 잘해 주지 않았습니까?"

서한이 방청석에 마이크를 넘기자 방청객, 패널들이 큰 소리로 '네!' 하고 대답했다.

"저는 이 곡이 이렇게 부드럽고 예쁜 목소리로 불러도 찰떡같이 커버가 될 줄은 몰랐어요."

"아이고, 아닙니다. 감사합니다."

"겸손하시기까지 한 이든 씨인데요. 이든 씨께선 오늘이 첫 번째 방송 출연인가요?"

"네, 그렇습니다."

좀 양심에 찔리긴 하지만 그런 콘셉트니까.

"처음 방송이고 라이브도 처음이라 많이 긴장하고 있습니다."

"아, 그렇군요. 처음인 것 같지 않게 완벽한 무대를 보여 주셨어요. 그런데 이든 씨."

"네?"

일관적으로 정중한 태도를 유지한 채 진행하던 서한의 표정이 갑자기 얍삽하게 바뀌었다.

"우리 관객분들하고 시청자분들이 이든 씨에 대해서 궁금해하는 게 한두 가지가 아니거든요. 알고 계시죠?"

서한의 시선이 내 머리끝부터 발끝까지 훑었다. 난 나도 모르게 상의를 손으로 한번 더듬고 고개를 끄덕였다.

"네, 알고 있습니다."

"이든 씨가 나온다는 이야기를 듣고 제가 진짜 기대를 많이 했었거든요. 과연 어떤 분일까? 어떤 모습으로 오실까? 여러 가지 상상을 해 봤는데 설마 이런 모습으로 오실 거라고는 생각도 못 했어요."

"아, 하하⋯⋯."

"너무 다 가리고 계시니까 더 궁금해지기도 하고 그런데요. 분명 이렇게 나오신 데는 다 이유가 있을 거란 말이죠? 제가 딱 까고 물어보겠습니다."

서한이 비장한 표정으로 카메라와 시선을 맞추곤 다시 나를 바라보았다.

"오늘 의상, 무슨 일이신가요?"

질문을 받는 순간 너무도 자연스럽게 '어떤 대답을 해야 재미가 있을까?'라는 고민을 했다.

난 사람 자체가 재밌는 사람이 아니다 보니 방송에서의 질문과 대답 하나하나에 신경 쓰지 않으면 이번에도 〈뉴비공대〉처럼 분량이-.

⋯⋯라고 생각하는 순간 오늘은 분량에 신경 쓰지 않아도 된다고 눈에 힘을 빡 준 채 말하던 레나 선배님의 모습이 떠올랐다.

그냥 편하게 생각하기로 했다.

난 손바닥을 펼쳐 레나 선배님을 가리켰다.

"이 의상은 저희 프로듀, 사장님께서……."

모두의 고개가 일제히 레나 선배님에게로 향했다. 레나 선배님은 여유롭게 그들의 시선을 받아 낸 뒤 말했다.

"우리 이든 씨는 신비주의 컨셉이거든요."

"허허!"

서한이 능글거리며 말했다.

"신비주의 컨셉이라기엔 뭔가 상당히~ 으음, 이런 말 해도 될지는 모르겠지만 한 70년대쯤에 보던 저희 아버지들 차림이거든요?"

"요즘 이든 씨의 정체에 대해 이 사람이다 저 사람이다 분석하시는 분들이 많은 것 같아서 아예 감도 못 잡으실 정도로 준비해 봤습니다."

"그럼 이 의상 컨셉은 신비주의를 지키기 위해서?"

레나 선배님이 고개를 끄덕였다.

"오로지 그걸 위해서요!"

서한은 아쉬워하면서도 다음 진행을 위해 더 깊이 인터뷰하지 않았다.

"그럼 이든 씨, 너무 고생하셨고요. 잠깐 뒤에서 재정비하시고 패널석으로 들어가 함께 무대를 감상해 주시길 바랍니다."

"네!"

"여러분 모두 이든 씨께 큰 박수 부탁드립니다!"

"감사합니다!"

난 박수 세례를 받으며 무대 뒤로 빠져나왔고 서둘러 대기실로 들어와 시원하게 복면을 벗어 던졌다.

더워 죽는 줄 알았다.

예상은 했지만 복면을 쓰고 무대에 서는 건 꽤 고역이었다.

연습할 때와는 또 다른 게, 조명이 워낙 강하다 보니 답답한 것과는 별개로 너무 더워서 땀이 줄줄 나더라.

문제는 땀이 나도 복면에 막혀 닦지 못한 채 아무렇지 않은 척 서 있었다. 기가 막힌 경험이었다.

"고생하셨습니다."

매니저님이 다가와 이프로 음료를 건네주었다. 노래를 부르고 오는 사이 수환 형 또는 태성 형에게 내가 무슨 음료를 좋아하는지 물어봐 준 모양이다.

"지금 스태프 오고 있어요!"

잠깐 쉬고 있으니 대기실 밖에 서 있던 우리 팀 스태프가 급하게 말했다. 난 음료를 내려놓고 다시 복면을 썼다.

넉넉히 쉬었으니 다시 세트장으로 돌아가야 했다.

패널석에 도착하니 다음 순서의 가수가 공연 중에 있었다.

"어어, 이든 씨 오셨네. 노래 잘 들었어요. 이야, 역시 라이브도 잘하더라."

"고생했어요. 쉿 쉿, 지금 공연 중이니까."

"감사합니다. 선배님."

난 작은 목소리로 인사하고 지정석에 앉아 공연을 관람했다. 이번 공연자는 인디 밴드의 보컬로, 담백하고 귀여운 목소리가 매력적인 가수였다.

레나 선배님은 나에게 분량에 대해 그리 신경 쓸 필요 없다고 말했지만, 나름 이것저것 제스처를 취하려 노력했다.

복면을 써서 표정도 안 보이는 마당에 리액션조차 없으면 너무 성의 없어 보이게 편집될 것 같아서.

그렇게 몇 팀이 더 지나갔다. 공연을 지켜보면서 느낀 점은 역시 레나 선배님의 능력은 대단하다는 거?

인기 많은 방송이니만큼 무대에 오르는 신인들도 골라서 내는 편이고, 그러다 보니 공연자 각각의 실력이 무척 뛰어났다.

아무리 크로노스에서 메인 보컬을 맡고 있고 어느 정도 자신 있다고 한들 쟁쟁한 실력자들 사이에서 살아남을 수 있을까 했는데, 솔직히 말해서 괜찮은 인상을 남길 것 같다.

나도 노력하긴 했지만 그 이상으로 레나 선배님의 능력이 한몫했다.

내 장점을 최대한 살려 준 편곡과 연출력으로 내 실력보다 훨씬 더 잘해 보이게 만들어 줬으니까.

마침내 마지막 공연자의 무대까지 끝이 났을 때 좀처럼 공연자들에게 질문을 던지지 않던 서한이 갑자기 날 쳐다보았다.

"마지막 무대까지 모두 끝이 났는데요. 오늘은 유독 순위를 가릴 수 없을 만큼 쟁쟁한 분들이 많이 나오신 것 같아요. 이든 씨!"

"……네!"

얼른 마이크를 들어 대답했다. 서한은 다시 한번 능글맞은 얼굴로 물었다.

"오늘 처음으로 방송도 해 보고 마이 픽 싱어들 공연도 관람하셨는데 어떠셨어요?"

"모든 분들이 너무 잘하셔서 보는 내내 감탄했습니다."

"특히 기억에 남는 싱어가 있다면요? 다 기억에 남지만 그중 한 사람은 꼽아 보자면?"

"저는…… 오유월 선배님?"

"오오! 왜요? 왜요?"

오유월의 소개 패널인 출연자가 큰 리액션과 함께 물었다.

"방송을 통해서 이미 알고 있던 분이기도 하고 역시 두 번이나 출연권을 가져가신 분은 다르구나 생각했습니다. 순식간에 빠져들어서 소름이 돋더라고요."

"와아, 이든 씨가 이렇게 길게 이야기하는 거 처음 아닌가요? 정말 감명 깊게 보신 것 같은데요. 그럼 단도직입적으로 이든 씨 자신의 오늘 예상 순위는 어떻게 되십니까?"

예상 순위.

경쟁 프로그램인 만큼 잘 생각해서 대답해야 하는 부분이었다.

하지만 크로노스로 와서 질문을 받았을 때보단 대답을 고르기가 훨씬 쉽다.

"잘 모르겠어요. 다들 너무 잘하셔 가지고. 솔직히 꼴등 할 것 같아요."

순위에 대한 겸손이 온 힘을 다해 밀어주는 팬들의 자존심을 떨어트릴 여지가 있어 한마디 한마디에 조심해야 했던 〈픽 위업〉 때와는 다른 상황이었다.

순위를 위해 팬들이 힘을 써 줘야 하는 경쟁 프로가 아니었으므로 그냥 마음껏 겸손한 편이 차라리 나았다.

"허허허! 굉장히 겸손하게 대답을 하시는군요. 이렇게 이미지를 챙기시는 건가요~."

"아니요. 저는 정말 그렇게 생각해요. 이렇게 대단한 무대를 보여 주셔서."

"근데 이렇게 말씀하시지만 이든 씨도 오늘 너무 잘하지 않았어요?"

패널들이 알아서 날 띄워 주었다.

"저는 개인적으로 오늘 이든 씨 2위 안에 들 거라고 감히 예상해 봅니다."

"〈고동색 찻집에서〉란 곡을 잘 커버한 가수를 처음 본 데다가 일단 목소리가 너무 제 취향이었어요. 저는 이든 씨 오늘 처음 봤거든요? 근데 관심이 확 가네요."

"좀 뜬금없는 소리일지도 모르지만 저 가면 속의 모습은 어떨지 몇 번 더 함께하면서 알아보고 싶은 그런 생각도 들고~."

"오오, 패널 여러분들이 상당히 고평가해 주셨어요. 그럼 이번엔 이든 씨의 예상 1위로 선택되신 오유월 씨! 오늘 예상 순위는 어떻게 되실까요? 오늘도 무사히 출연권을 따낼 수 있을까요?"

서한의 질문에 오유월 씨 또한 출연권의 주인공으로 나를 꼽아 주며 내 무대에 대한 감상 평을 말했다.

"제가 〈고동색 찻집에서〉 곡을 되게 좋아해요. 그래서 정말 자주 듣는 곡 중에 하나인데, 그러다 보니 어떤 가수의 커버를 들어도 만족을 못 했거든요."

"그렇죠. 원작자인 박상 선생님 목소리가 상당히 개성적이시잖아요."

"그런데 이든 씨 커버는 계속 듣고 싶어질 것 같아요. 레나 선배님이 왜 마이 픽으로 꼽았는지 알 것 같아요. 목소리가…… 한번 그, 사극풍, 동양풍 노래와 되게 잘 어울리실 것 같아요."

서한은 이 사람 저 사람 선택적으로 질문을 던지며 교묘히 나와 오유월을 라이벌처럼 엮어 냈다.

유독 나에 대한 언급량이 많은 건 내가 특출 나게 잘해서가 아니고 서한이 토크를 조절하고 있기 때문으로 보였다.

물론 이 잔잔한 노래를 극적으로 만든 레나 선배님의 연출

력과 더불어.

분량에 신경 쓸 필요 없다는 레나 선배님의 말은 정말이었다. 내가 아무것도 안 해도 진행자가 내 분량을 뽑아 주기 위해 애써 줬으니까.

"지금 레나 씨께서 굉장히 흐뭇하게 보고 계신데요. 사실 저희가 이렇게 왈가왈부해도 선택은 관객분들이 하시는 거거든요."

서한이 몸을 돌려 방청석을 바라보았다.

"그럼 여러분, 드디어 선택의 시간이 다가왔습니다. 오늘따라 유독 선택이 어려우시리라 생각하는데요. 과연 여러분들의 선택을 받은 마이 픽 싱어는!"

현장 내에 긴장감으로 가득한 BGM이 깔렸다. 조명이 어두워지고 화면에 방청객들의 실시간 투표수가 엎치락뒤치락하며 올라가고 있었다.

패널석 출연진은 흥미진진하게 바라보았고, 공연자들은 사뭇 긴장한 얼굴이었다.

나는 어떤가 하면 그들보다는 마음 편하게 순위를 지켜보는 중이다.

레나 선배님도 나도 출연하는 데에 다른 공연자들만큼의 절박함은 없는 게 사실 아닌가.

이든은 내, 말하자면 부캐였고 콘서트 준비도 해야 하는 바쁜 일정 때문에 출연권에 큰 미련이 없었다.

레나 선배님과 내가 이 방송에 출연하며 원한 건 더 큰 화제성과 이든의 실력에 대한 검증이었다.

나중에 정체를 드러냈을 때 더 많은 사람들이 반응할 수 있도록. 큰 욕심 없이 그냥 그 정도만 바라며 연출과 연습에 신경 쓴 거였다.

……그런데 투표수가 이상했다.

"이야~ 빠르게 올라가는 투표수! 유독 치고 올라가는 두 사람이 보입니다! 오오! 오유월과 이든, 오유월과 이든! 새로운 1위가 나올 것인가! 연속 출연권 확정 오유월이 드디어 첫 1위를 쟁취할 것인가! 과연 우승자는!"

투표가 시작하며 동시에 올라가던 그래프 막대는 도중부터 나와 오유월의 레이스처럼 치고 나가기 시작했다.

이러다 진짜 출연권을 따내겠는데?

지금 당장 복면을 벗고 투표 현황을 자세히 보고 싶었다.

"와, 1위, 제발."

내 옆자리의 오유월이 중얼거렸다. 깍지 낀 채 기도하듯 가지런히 모인 두 손을 보아 간절함이 여기까지 느껴지는 기분이었다.

다시 화면을 바라보았다.

결과는 간절한 사람의 편이었다. 간 보듯 엎치락뒤치락 왔다 갔다 하던 그래프는 서서히 바뀌더니 적은 표 차이로 오유월을 1위 자리에 가져다 놓았다.

"제43회 우승자는! 드디어 1위 했습니다! 오유월 씨, 축하 드립니다!"

파앙! 사방에서 꽃가루가 튀어나왔다.

"깜짝이야!"

갑작스러운 큰 소리에 크게 놀라 심장 부여잡기도 잠시, 모든 출연진과 함께 일어나 첫 1위의 주인공 오유월에게 박수를 보냈다.

염원하던 1위를 쟁취한 오유월 씨는 감격해 눈물을 흘리며 무대 앞으로 나갔다. 그러자 카메라 뒤편의 제작진이 나도 빨리 나가라 손짓했다.

난 오유월 씨를 따라 나가며 그제야 나도 이 무지막지한 시청률 방송의 출연권을 따냈다는 걸 깨달았다.

세상에, 정말 2위까지 올라올 줄이야.

"정말 너무 감사드립니다. 세 번의 2위를 하면서, 물론 2위도 무척 값진 결과지만 언젠가는 1위 하겠지, 희망을 가지고 열심히 노력했습니다. 노력이 보상받은 것 같아 너무 행복합니다!"

오유월 씨가 1위 소감을 발표했고 마이크는 2위인 나에게 넘겨졌다.

"이든 씨, 첫 등장 만에 2위를 하시며 44회 출연권을 따내셨는데요. 소감이 어떠신지요?"

2위에게 소감을 물으면 할 말이 무엇이 있겠나. 레나 선배님의 눈치를 힐끔 보고 대답했다.

"2위까지 할 수 있을 거라고는 생각 못 했는데, 감사드립니다. 무엇보다 더 좋은 모습을 보여 드릴 기회가 한번 더 생겨 기쁩니다……. 다음에는 꼭, 1위를 목표로 열심히 해 보겠습니다. 감사합니다."

"네에! 오유월 씨, 이든 씨, 정말 축하드립니다! 다음 주엔 더 좋은 무대를 기대하며, 〈내 가수를 소개합니다〉 오늘은 마무리하도록 하겠습니다. 그럼 다음 이 시간에 뵙겠습니다. 감사합니다!"

촬영이 마무리되었다. 출연진 모두가 방청객들에게 인사하며 하나둘씩 현장을 떠나갔다.

"오유월 선배님, 1위 축하드립니다."

"이든 씨도 축하드려요. 정말 노래 너무 잘 부르셔서 꼭 다음 주에 볼 수 있었으면 했는데 좋네요."

"좋게 봐 주셔서 감사합니다."

오유월 씨는 미소를 지으며 내 어깨뽕 듬뿍 어깨를 툭툭 두드렸다.

"저희 나이 비슷한 것 같은데 친하게 지내요. 앞으로 자주 보게 되지 않을까요?"

오유월 씨는 후배에게도 살갑고 다정다감한 성격인 모양이다.

"그래 주신다면 감사하죠. 선배님."

그때 스태프가 마이크를 떼어 갔다. 레나 선배님이 현장을 떠나지 않고 날 기다리고 있었다.

슬슬 대화를 마무리하려는 찰나, 오유월 씨가 나를 데리고 무대에서 내려오며 잠시 망설이다 정말 작게 소곤거렸다.

"저희 동갑…… 맞죠? 그, 현우 씨?"

"네?"

Chapter 16.
콘서트 (3)

오유월은 복면과 거대한 옷으로 무장한 이든의 반응을 살폈다.

"······무슨······."

태연하고 느긋한 대답과 달리 움직임을 멈춘 손, 커다란 장갑이 구겨지도록 꽉 쥐이는 음료수. 속된 말로 고장이 났다고 표현하는 모습이었다.

서현우 씨 맞네.

오유월은 확신하며 그를 데리고 멈춰 서 있던 계단에서 내려왔다.

"아, 제가 착각했나 봐요. 목소리가 닮아서 혹시나 해서 여쭤봤어요."

"아, 그렇습니까?"

"그럼 먼저 가 볼게요. 이든 씨, 다음 공연에서 봐요."

오유월이 돌아서자 이든이 공손히 고개를 숙여 인사했다.

"조심히 들어가세요, 선배님."

"……풉."

마지막까지 '선배님'이라고 하는 걸 보니 아직 들키지 않았다고 생각하는 건가.

'진짜냐.'

서현우, 무대 위에서 보여 주는 모습과는 달리 연기를 지지리도 못한다더니 사실이었다.

지금까지 이든이 서현우가 아니냐는 의혹만 있고 들키지 않았던 건 서현우보단 레나의 철두철미함이 한몫했던 모양이다.

오유월은 처음 이든과 인사를 나눴을 때만 해도 그가 누구인지 전혀 눈치채지 못했다. 아니 그냥 그의 정체에 대해 관심이 없었다.

음악과 가수의 노래엔 관심이 많아도 자신 외의 가수 자체엔 그리 흥미를 느낀 적이 없었기에 이든이 누구이든 알 바가 아니었다.

그런 그가 이든의 라이브를 듣자마자 서현우임을 알아차린 건 다름 아닌 〈비갠 뒤 어게인〉 때문이었다.

〈비갠 뒤 어게인〉은 선곡부터 음악을 대하는 자세까지 마음에 들어 시즌 1부터 챙겨 보던 프로그램이었다.

그리고 자신도 유명해져서 꼭 한번 출연해 보고 싶은 프로그램 중 하나이기도 했다.

당연하게도 오유월은 시즌 2도 챙겨 보았고 한동안 크로노스에 대해 찾아서 봤었다.

하지만 고리들처럼 크로노스의 모든 콘텐츠를 찾아본 건 아니었고, 〈비갠 뒤 어게인〉을 제외하면 활동곡이나 무대를 보지도 않았다.

오유월이 찾아보거나 챙겨 본 건 그들의 솔로곡이었다.

댄스곡은 영 취향이 아닌데 크로노스 멤버 중 고유준과 서현우의 보컬이 유독 좋았기 때문이다.

〈비갠 뒤 어게인〉, 〈원스 어겐〉 등의 솔로곡들을 한동안 즐겨 듣다 보니 이번 라이브를 듣자마자 의도치 않게 정체를 확신했다.

'그렇다고 해서 반갑고 설레고 그런 건 아니고.'

그냥 자주 노래 듣던 가수를 실물로 봤다는 그 정도? 어쨌든 오유월에겐 좋은 기회이긴 했다.

"유월이 고생했다. 1위 축하한다! 이 녀석아, 형이 너 이번엔 1위 한다고 했지?"

"형은 매회 1위 할 거라고 호들갑 떨잖아~."

오유월은 달려오는 매니저에게 바치듯 꽃다발을 건네곤 등을 밀어 차로 향했다.

"왜, 왜!"

오유월은 당황하는 매니저를 차로 밀어 넣고 말했다.

"형, 나 이든 알 것 같아."

"진짜? 누군데? 안 그래도 궁금해서 우리 스태프들이 알 아내려고 뒤에서 난리였다?"

오유월이 푹, 차 시트에 편하게 몸을 기댔다.

"근데 형한테는 말 안 해. 형은 입이 가볍잖아."

"……짜식이!"

오유월은 투덜거리는 매니저에게 털털한 웃음으로 반응하 며 말했다.

"이번 기회에 인연 좀 만들어 두면 좋겠다. 형, 우리 회사 이든한테 촬영 협조 넣는 거 돼?"

"너튜브 촬영 말하는 거지?"

오유월의 소속사는 '다 하는 오유월'이라는 오유월 개인 너 튜브 채널을 운영하고 있다.

활동 비하인드부터 앨범 소개, 뮤비, 각종 콘텐츠까지 통 합해서 운영하는데, 구독자 수는 2만 명 안팎이었다가 〈내 가수를 소개합니다〉에 출연한 후 5만 명 정도로 늘어났다.

"어, 비하인드 영상이든 뭐든, 컨텐츠 하나 같이 해 주면 더 감사하고."

"이든이 회사면……."

차 시동을 켠 매니저의 눈동자가 또르르 굴러갔다. 오늘

MN엔터 매니저랑 명함 교환을 하기는 했는데…….

너무 작은 회사라 타 회사 아티스트 섭외를 시도해 본 적이 없어, 사실 매니저도 가능할지는 확신을 못 했다.

백미러를 통해 그 모습을 본 오유월이 툭 내던지듯 말했다.

"불가능하면 됐어."

이미 길고 긴 무명 시절을 겪으며 자신에겐 가능한 일보다 불가능한 일이 더 많다는 걸 잘 아는 오유월이었다.

더구나 그 레나가 키우는 그 무지막지한 신인 이든의 정체는 최근 가장 화제를 모으고 있는 아이돌 크로노스니까.

그에 매니저가 버럭 말했다.

"뭐가 불가능해! 아니야! 가능해! 너 오유월이잖아? 가능해. 조만간 연락 넣어 볼게. 이든이랑 협업하고 싶다는 거지?"

"무리는 하지 말고."

아무리 작은 회사라고 해도 내 가수 기죽는 건 보기 싫은 법이다.

"그나저나 이든이 누구길래 협업을 넣으래? 너 뭐든 같이 하는 건 제약 많아서 싫다며. 밴드 활동도 그래서 쉬는 중이면서."

"한번 조명되고 무대에 서 보니까 다시 내려가기 싫더라고."

"걔 유명한 애야?"

"몰라도 돼, 형은."

"매니저한테는 말해 줘야 하는 거 아니냐?"

오유월이 어깨를 으쓱이고 창밖으로 시선을 돌렸다.

어떻게 봐도 서현우를 이용해 먹으려는 심보로 보이지만 이든에게는 객관적으로 그리 나쁜 기회는 아닐 거다.

신인 가수에 복면까지 쓰고 말수도 적은 이가 카메라 앞에서 제 곡을 홍보하는 기회는 잘 없지 않겠나.

거기다 출연자인 자신의 인지도가 적었어서 그렇지, '다 하는 오유월'의 콘텐츠들은 꽤 재밌다.

그러니 이든 측에서 제발 긍정적으로 검토해 주길 오유월은 바랐다.

〈세이렌〉 컨셉 회의를 끝내고 연습실로 돌아오는 길.

"이든 쪽으로 섭외가 들어왔어. 오유월 씨 측에서."

태성 형의 말에 서현우는 머리 위로 물음표가 수백 개는 뜨는 기분을 느꼈다.

오유월 씨가? 갑자기 왜?

평소 섭외에 대해선 뭐든 '어서 옵쇼, 감사합니다.' 하며 받아들이는 편이지만 오유월 씨는 좀 부담스러웠다.

그 사람, 이든이 나인 걸 눈치챘다.

눈치챘는데 내가 심히 당황해 모른 척 넘어가는 것으로 보였다.

라이브할 때의 목소리는 아무리 바꿔도 서현우였고, 그래서 눈치채는 건 어쩔 수 없다고 생각하고는 있었다.

그런데 무대에서 내려가는 와중 이름이 불리면 누구라도 뇌 정지가 와 굳지 않겠냐고.

알면서 부른 건 역시, 본인 생각에 확신을 가지고 싶어서일 게 뻔하잖아.

"네가 싫다면 거절할게. 아직 섭외만 들어온 것뿐이고 레나 씨 측도 거절하려거든 해도 된다고 하셨어."

고개를 돌려 태성 형을 바라보았다. 태성 형은 이미 휴대폰을 들고 전화할 준비를 하고 있었다.

"그래도 돼요?"

태성 형이 고개를 끄덕였다.

"너튜브라고 해도 구독자 수 5만 명가량의 채널이야."

참고로 크로노스 채널 구독자수는 670만쯤 된다.

"곧 〈세이렌〉 준비도 해야 하고 콘서트도 얼마 안 남았고, 불편하면 안 해도 돼."

난 휴대폰을 들었다 내렸다 하는 태성 형의 손을 보며 물었다.

"저 한번 더 나가면 들킬까요?"

태성 형은 고민도 없이 고개를 끄덕였다.

"응."

"사실 저도 그렇게 생각하긴 해요."

"아니 이미 들켰어."

난 미소 지으며 해탈한 목소리로 말했다.

"레나 선배님도 그렇게 말씀하셨어요."

난 방송 직후 파랑새 실트를 장악한 실시간 트렌드를 잊을 수 없었다.

'서현우 이프로'.

'이프로로 확신'이었다.

아직 방송도 나가지 않았는데 어떻게 갑자기 내가 실시간 트렌드를 장악할 수 있었을까?

발단은 방청객들의 제보였다.

—ㅋㅋㅋㅋㅋㅋㅋㅋㅋㅋㅋ이든 우리애 맞음ㅋㅋㅋㅋㅋㅋ아니면 나 고리직 내려놓음ㅋㅋㅋㅋㅋ확신함 진심 아 집에 도착하면 왜 확신하는지 후기 푼다

—근데 난 좀 애매하던데 노래 부를때 목소리는 좀 닮긴 닮았는데 말할 때는 전혀 다름……. ㅈㄴ개만 뚫어지게 봤는데 노래부를때 빼고는 별로.

—한 소절 부르자마자 아..했음ㅋㅋㅋㅋㅋㅋㅋㅋㅋㅋㅋㅋㅋㅋㅋ

—긴장하면 움직임 사라지고 말수 적어지는 거 ㅎㅇ특ㅋㅋㅋㅋㅋㅋ

방청까지 다녀온 팬들이 '이든=서현우'임을 확신해도 불과 얼마 전까지는 다른 고리들은 조금의 기대만 가졌을 뿐이었다.

객관적이고 정확한 정보가 아닐뿐더러 시기상 우리들이 개

인 스케줄을 뛸 수 있는 상황이 아니라고 생각했기 때문이었다.

　　-근데 ㅇㄷ=ㅎㅇ라고 쳐..그럼 콘서트에 개인곡까지 준비하고 부캐로 ㅇㄷ스케줄까지 뛴단 말인거임? 그럴만한 시간이 됨?
　　-애초에 소속사가 다름

　　그러나 의견이 분분하던 고리들의 여론이 한순간에 단결되는 계기가 있었다.
　　SES 〈내 가수를 소개합니다〉 공식 홈페이지엔 방송의 인기만큼 잘 운영되고 있는 갤러리 카테고리가 있다.
　　자연스럽게 해당 회 차 출연진 정보도 풀 겸 방송 촬영 현장을 고화질로 찍은 사진들이 예고편보다 배는 빨리 업로드되는 곳.
　　이든이 나라는 합리적 의심을 하고 있던 고리들의 이목은 당연히 갤러리에 업로드된 사진으로 집중될 수밖에 없었다.
　　그리고 거기서 나의 실수가 드러났다.

　　-이든이 되어도 포기할 수 없던 이프로...ㅋㅋㅋ
　　-아니 복면 쓰면 뭐햌ㅋㅋㅋ현우야 너 어뜩해..들켰어 너..ㅋㅋㅋㅋㅋ
　　-저거 현우라고 생각하니까 이프로 소중히 꼬옥 쥐고 있는 커다란 장갑도 귀여워 보여ㅠㅠㅠ

매니저님이 내 취향에 맞춰 사다 주신 이프로를 별생각 없이 내 의자 밑에 둔 게 문제였다.

멤버들의 음료 취향을 잘 알고 있는 고리들은 내 발밑, 혹은 내가 쥐고 있는 이프로를 보며 이든이 서현우라는 걸 확신했다.

이게 말로만 듣던 속이는 사람만 있고 속는 사람은 없는 그런 건가?

솔직히 숨기려고 해도 음료수 병 하나 가지고도 알아채는 고리들인데 어떻게 숨기겠어.

레나 선배님께 들킨 것 같다고 말하자 레나 선배님은 모른 척하라고 했다.

"됐어 됐어. 우린 최선을 다했는데 그래도 들킨 거면 어쩔 수 없는 거지 뭐. 가만히 있어. 그냥~ 다 아는데 정체 밝힐 때까지 모르쇠 하는 것도 재밌잖아~."

라며.

"현우야, 어떻게 할까, 섭외 온 거 거절해?"

잠깐 이야기가 딴 데로 새고 왔다. 난 고개를 저었다.

"싫은 거 아니에요. 얼마나 자주 볼지 모르는 선배인데 거절하기도 좀. 그냥 잡아 주세요."

거기다 요즘 스케줄은 그리 벅찬 상황도 아니라서. 어차피 반쯤 들킨 거 같은데 부족한 곡 홍보나 하고 오는 것도 나쁘지 않다고 생각했다.

"헤이!"

일정을 잡기로 결정했을 때 윤찬이와 고유준이 연습실에서 나오다 차를 발견하고 다가왔다. 난 차에서 내려 두 사람과 마주했다.

"윤찬이 촬영은?"

"방금 끝나고 연습실에 도착한 거예요. 카페에서 주문하고 현우 형이 오는 것 같아서 마중하러 왔어요."

"회의 잘했냐? 곡 어때?"

"곡?"

난 씨익 웃었다.

"미쳤던데."

〈세이렌〉. 제목만 들었을 땐 〈달바다〉 같은 몽환적이고 신비로운 느낌일 줄 알았다.

오늘 처음 가이드를 듣고 느낀 건 몽환적인 건 맞다. 다만 업템포에 클래식하게 가서 생각했던 느낌과는 좀 달랐다.

작곡가가 말하기를 이 곡에서 말하는 〈세이렌〉은 바다의 요정이 아닌, 죽어서도 잊을 수 없는 아름다운 몽마를 표현했다고 했다.

돈 엄청 부었다며 퀄리티 각오하라 호언장담하던 김 실장님의 말대로 콘서트를 위해 급하게 준비한 솔로곡치고 너무 취향에 맞아서 나도 모르게 웃고 있더라.

솔로곡 제목이 〈세이렌〉에 몽환스러운 컨셉이라고 하니

무대에서 미소 한번 안 지을 딥한 분위기를 생각했었다.

그런데 막상 들어 본 〈세이렌〉은 딥보다는 신비로움을 담은 청량한 팝 댄스곡이었다.

"진성이 솔로곡이 청춘에, 주한이가 이번에 상당히 다크한 곡으로 뽑혔고 유준이도 섹시한? 뭐 그런 쪽이잖아. 컨셉안 겹치게 신경 썼어."

"주한 형이 다크한 쪽이에요?"

내가 회의에 들어오기 직전 솔로곡 회의에 들어갔던 주한 형이 잔뜩 시무룩해져서 나온 이유가 있었군.

주한 형은 자신이 잘못하거나 준비되지 않은 걸 해야 할 때 대부분 부담감에 지는 편이었다.

부담에 시달리다 결국 잘하긴 한다만.

"주한 형 컨셉 의외네요."

"그렇지? 색다른 시도는 이런 시기에 해 보는 거지."

"그리고 현우도 섹시하고 몽환적이고 그런 건 많이 해 봤어도 이런 컨셉은 해 본 적 없잖아? 새로운 모습도 보여 줄수 있으니 우린 좋다고 생각해."

많은 작업진이 참여한 만큼 자리에 있던 모두가 만족스러워할 만큼 좋은 곡이 뽑혔다.

"요즘 우리 회사, 곡 잘 뽑는 것 같아요."

반 진담으로 말하자 직원들도 거들먹대는 척 가볍게 말했다.

"아무렴, 크로노스인데 이 정도는 해 줘야지."

"든든하다 든든해. 하하, 알뤼르에 크로노스까지 있어서."

"우리 회사 이제 A급 노래도 막 받잖아. 도 PD님이 귀찮게 안 한다고 좋아하신다?"

직원들의 시선이 자연스럽게 김 실장님에게로 향했다. 김 실장님은 입술을 삐죽거리더니 억울한 표정을 지었다.

"나도 아끼고 싶어서 아꼈던 거 아니거든? 예산이 부족한 걸 어떻게 해, 예산이!"

"그놈의 예산은 건호 씨 때도 없더니 아직도 없어요?"

"알뤼르 투어도 나가는데 그 핑계는, 실장님 이제 너무 과하다~."

직원들이 깔깔깔 웃었다.

김 실장님의 습관적 예산 타령은 이제 직원들 사이에서 농담 내지 비웃음거리가 되었다.

"거참……."

김 실장님은 나와 직원들에게 통하지 않을 눈치를 주곤 회의를 이어 나갔다.

레이블 론칭이 결정된 이후로 부담감을 한층 내려놓은 듯 예민함이 사라진 김 실장님이다.

회의가 끝나고 얼마 후 일사천리로 녹음을 진행하고 안무 연습에 들어갔다.

콘서트를 앞뒀을 때는 뭐든지 일정이 촉박하게 돌아가고 있기 때문에 정신없이 솔로곡을 준비한 건 주한 형, 진성이도 마찬가지였다.

그리고 조금 더 시간이 흘러 진성이의 솔로곡 공개 직전의 시기에 나는 〈세이렌〉의 스페셜 라이브 영상을 촬영하게 되었다.

"현우, 잠은 잘 잤어?"

샵 실장님이 내 머리카락 상태를 확인하며 물었다. 난 메이크업 담당 선생님을 방해하지 않도록 고개만 끄덕였다.

그러자 실장님이 찰떡같이 알아듣고 반응해 주었다.

"그래! 오늘은 컨디션 좋아야 해. 반나절을 예쁘게 춤추고 노래해야 하는데."

어제 밤늦도록 연습실에 박혀 있었던 것치고 컨디션이 매우 좋았다.

……아닌가?

아까 전 차에 탈 때까지만 해도 미친 듯이 몰려오던 잠이 지금 와서 싹 사라진 걸 보면 컨디션이 좋은 게 아니고 정신 바짝 차려야 한다고 몸이 알아서 긴장한 모양이었다.

"컨디션 좋기는 무슨, 언니, 얘 연습하겠다고 얼마 못 자고 나왔잖아요. 주한이, 진성이도 그러더니."

"크로노스 얘네들은 쉬라고 해도 안 쉬더라?"

실장님이 홍삼 엑기스를 챙겨 주며 힘내라는 말과 함께 헤어를 마무리했다.

"이제 출발해야 합니다."

미동도 없이 기다리던 태성 형이 벌떡 일어났다.

끝의 끝까지 내 헤어, 메이크업을 손봐 주던 샵 직원들의 손이 모두 떨어졌다.

그레이색 렌즈에 전체적으로 분홍기가 도는 색조 화장이 었다.

무대에서나 할 법한 화장인데 그에 반해 의상은 평범한 데 일리룩이라는 게 이질적이고 특이하게 느껴졌다.

"감사합니다."

"어어, 조금 있다 거기서 보자."

직원들에게 인사하고 차에 올랐다.

"출발합니다."

"네."

태형 형에게 간단히 대답하고 귀에 이어폰을 꽂았다.

〈세이렌〉.

며칠간 연습하면서 생각한 건 이 곡이 〈즐거울 락〉과 비슷한 감정을 가지고 있다는 것이었다.

분위기나 흐름, 느낌 등등 어느 것 하나 닮은 게 없는 두 곡인데 이상하게 노래를 끝까지 감상한 후 느끼는 감정이 비슷했다.

너무 행복하고 설레서 불안한 감정, 끝이 나 버린 즐거움과 같은 기분을 느꼈다.

리스너가 느끼는 감정이 〈즐거울 락〉과 같다면, 라이브를 할 때도 신비롭고 몽환적이기 위해 애쓰는 것보다 밝고 즐겁게 부르는 편이 나을 거다.

차가 멈춰 이어폰을 뺐다.

내가 촬영할 첫 번째 촬영지는 한적한 공원이었다.

스페셜 라이브 촬영이라면서 한적한 공원이 무슨 말인가 싶을 수도 있지만 윤찬이 때와 비슷하다.

이 곡은 이런 콘셉트, 이런 스토리를 가지고 있다고 라이브 도중 중간중간 뮤직비디오처럼 따로 찍은 영상도 보여 주는.

참고로 오늘의 내 콘셉트는 카메라와의 데이트다.

난 촬영이 시작하자마자 카메라맨 옆 손 모델과 대뜸 손부터 잡았다.

"최대한 즐겁고 신나는 데이트- 현우 표정 연기는 잘한다며? 즐겁게 웃어. 바람도 한번 맞아 주고, 바람결에 머리도 한번 넘겨 보고-."

스토리는 대충 이렇다.

주인공은 화면 너머의 누군가이고, 나는 그 사람의 남자 친구라는 설정으로 달콤하고 행복한 하루하루를 보낸다.

끝도 없이 설레고 즐거울 것만 같은 나날, 그러던 어느 날 손을 잡고 걷던 내가 멈춰 서더니 환한, 어찌 보면 뒤통수 아릴 정도로 사악한 미소와 함께 손을 놔 버린다.

이때 라이브도 마무리. 라이브 세트장의 불이 꺼질 때 화면이 전환되어 어두컴컴하고 정적으로 가득한 방 안을 보여 준다.

화자는 그제야 아름답고 예뻤던 날들과 심지어 자신의 남자 친구였던 나까지 모두 꿈일 뿐이었다는 걸 깨닫고 괴로워하는 스토리.

해석의 여지를 남겨 둔 스토리지만 감독님께서 말하길 〈세이렌〉이 화자의 감정을 쥐락펴락하며 장난을 친 거였다고 말씀해 주셨다.

아무튼 그런고로 나는 손 모델님의 손을 잡은 채 최선을 다해 즐겁고 행복한 연기를 하고 있는 중이다.

"하하하, 하하, 하하……."

"하학학황학큭학!!!!!!"

그때 어색한 내 웃음 뒤로 리얼하다 못해 특이한 폭소가 들려왔다. 매우 익숙하고 이상한 웃음소리.

"쟤는 연기한다고 인식하면 웃는 소리도 어색하다니까요? 고리 여러분, 제가 책임지고 서현우 크로노스 활동 이외에 연기는 절대 못 하게 하겠습니다."

"컷, 오케이. 이만하면 됐다. 세트장에서 화자랑 있는 씬한 컷만 더 찍고 라이브하러 가면 되겠네."

난 감독님의 컷 사인이 떨어지자마자 목소리가 들리는 쪽으로 고개를 돌렸다.

역시 고유준이었다.

우리는 마치 품앗이하는 것처럼 각자 솔로곡 라이브 촬영 때 꼭 멤버 한 명씩은 방문했다.

윤찬이 때는 내가, 진성이 때는 윤찬이가, 주한 형 때는 진성이랑 고유준이 현장에 방문했었다.

누가 가자고 정하거나 권장한 것도 아닌데 얼굴을 비치고 잠깐 보다 가곤 했다.

"야, 나 안오면 서운할 뻔했다."

"서현우가 스뻬셜-라이브를 한다는데 내가 와 줘야지."

내가 인상을 푹 찌푸리자 고유준은 손수 비하인드카메라까지 넘겨받아 찍으며 나에게 다가왔다.

"뭐냐? 네 웃음소리 촬영하는 데까지 들리더라."

"친구야, 네 어색한 연기도 잘 봤다."

고유준은 아까 전의 날 따라 하면서 깔깔거리더니 진정하고 말했다.

"잘하고 있나 싶어서 잠깐 들렀다."

"어, 와 줘서 고맙다, 야."

고유준은 사 온 커피를 내 손에 쥐어 주고 공원을 둘러보았다.

"아까 보는데 약간 그거 같더라? 예전에 영상통화 컨텐츠."

"아, 그거 잘도 입 밖으로 꺼내네? 난 영상통화 이야기만 들어도 소름이 돋아 가지고."

나와 고유준은 서로 마주 보고 무언의 대화를 주고받다 동시에 웃었다.

너튜브에 박제된 영상통화 콘텐츠 내용물이 떠올라 버렸기 때문이다.

고유준이 서둘러 화제를 전환하듯 카메라를 내 얼굴에 들이밀었다.

"여러분, 배우 서현우 씨 오늘의 모습입니다. 크으, 잘생겼다~."

"뭐라는 거야. 하지 마라? 그나저나 안 들어가 봐도 되냐? 콘서트 연습 중 아냐?"

"지금 휴식. 윤찬이는 스케줄 갔고 주한 형이랑 진성이는 솔로곡 때문에 회의실 가서 없음. 사실 나 여기 심심해서 왔잖아."

"그러냐? 어쨌든 와서 얼굴 보니 좋네."

"그렇지? 형님이라 불러라. 근데 〈세이렌〉 노래 너무 좋은 거 같아. 나 요즘 하도 많이 들었더니 입에 막 붙어 있다니까?"

"그러니까! 큰일이에요, 고리 여러분."

난 고리들에게 이르듯 카메라를 쳐다보며 말했다.

"샤워하면서 고래고래 밖에 다 들리도록 부르고 가끔 자기도 모르게 흥얼거리는데, 나중에 큐앱 하다가도 공개 전에 지도 모르게 흥얼거릴까 봐 겁나요."

"에이, 아무리 그래도 내가 그 정도 조심은 하지~. 이제 무대 하러 가냐?"

고유준이 든 카메라 앞에서 한참 떠들고 있을 때였다. 감독님이 이곳을 힐끔거리더니 농담 던지듯 툭 말했다.

"심심하면 유준 씨 카메오 출연 한번 할래?"

"카메오요?"

"어차피 팬들 보라고 크로노스 채널에 올라가는 영상인데 한 명이라도 더 보이는 게 좋지."

여기 카메오로 나올 곳이 있나? 고유준을 위해 억지로 역할 하나 만드실 생각인가?

내가 말없이 의문을 표하는 사이 고유준은 태성 형과 눈빛 교환 후 시원하게 '콜'을 외쳤고, 우린 함께 차를 타고 다음 장소로 향했다.

"서현우, 여기 봐 봐."

고유준이 휴대폰 카메라를 켜 나와 자신의 사진을 찍었다.

"오케이! 나중에 네 라이브 공개되고 나면 파랑새에 올릴 거임. 나 의상 보이게 한번만 찍어 주라."

"어. 너 되게 신났네."

난 고유준의 휴대폰을 건네받아 사진을 찍어 주며 말했다.

고유준은 공감하는 만큼 격하게 고개를 끄덕였다.

"재밌잖아. 아까 감독님 말씀 듣고 좀 기대되기 시작했다?"

아까까지만 해도 라이브를 제외하고 예정된 촬영 내용들은 죄다 카메라랑 내가 돌아다니며 노는 모습을 찍을 뿐인데 고유준이 카메오로 출연할 곳이 어디 있나 했다.

그런데 의외로 감독님은 고유준에게 굉장히 중요한 역할을 맡겨 주었다.

지나가는 매 컷마다 지나가는 행인과 마지막 꿈에서 깨어난 화자의 손 역할 말이다—마지막 신은 손만 나오지 얼굴은 안 나온다—.

한마디로 고유준이 나올 수 있는 부분은 전부 나올 수 있도록 했다.

"으흠~."

고유준이 콧노래를 흥얼거렸다.

잠깐 왔다가 졸지에 라이브 촬영 전까지 잡혀 있게 되었어도 기분이 좋은 모양이다.

"지나가다가 슬쩍 카메라랑 아이 컨택 해도 되냐고 감독님한테 물어봐야지."

워낙 카메라 앞에 서거나 팬들 반응을 유도하는 것도 좋아하는 편이라 그렇다.

다음 장소는 잘 꾸며 놓은 카페였다.

난 카메라와 마주 보고 대화를 나누는 장면이었는데 고유준은 배경처럼 앉아 있는 고객 1을 맡았다.

"현우 씨, 정답게 뭐라도 말해 보자. 아무 말이나 대화 하는 것처럼."

"네."

"유준 씨가 워낙 잘생겨서 시선이 자꾸 그쪽으로 가겠는데?"

분위기를 잡으며 앉아 있는 고유준에게 감독님이 장난스레 말을 건 후 촬영이 시작되었다.

아무 말이나 하라고?

뮤직비디오를 촬영하며 대화하듯 뭐라도 말하는 건 많이 해 봤지.

물론 카메라를 마주 보며 말한 경험은 적지만.

무슨 말이라도 하려 입을 열었을 때 뒤에 있던 고유준이 말을 걸어왔다.

"자기소개라도 하쇼."

"안 그래도 그러려고."

카메라 앞에 얼마나 많이 섰는데, 사람들 앞에서 혼자 대화하는 것 정도로 창피하거나 하지는 않았다.

카메라에 대고 〈세이렌〉 홍보부터 콘서트 홍보, 자기소개 까지 온갖 것을 말했다.

"와, 진짜 웃기다. 바로 옆에서 보니까."

고유준이 뒤에서 열심히 키득거리더라.

그 후 촬영은 이어졌고, 고유준은 어두운 방 안에서 손 촬영까지 해 준 후 연습실로 돌아갔다.

라이브가 진행될 세트장에서 헤어와 메이크업을 수정했다.

첫 번째 의상은 이것저것 치렁치렁하게 달린 게 많은 아이보리색, 머리는 원래 내 머리카락에 긴 꽁지머리를 붙여 늘어뜨렸다.

"그래! 이게 세이렌이지!"

평소 화려한 스타일을 좋아하던 스타일리스트 누나가 만족스러워하며 여러 방향으로 사진을 찍어 댔다.

난 거울을 보며 말했다.

"누나, 요즘 얼굴에 보석 붙이는 거 좋아하시네요?"

"요즘이 아니라 원래 좋아했었어. 누나 화려한 스타일 좋아하잖아? 요즘 이렇게 스타일링해 줄 일이 없었어."

누나가 탄식하며 내 머리카락 사이사이에 금색 반짝이 실을 붙였다.

크로노스가 콘서트 준비에 들어가면서 콘셉트가 강한 스타일링할 일이 없긴 했다. 듣자 하니 주한 형과 진성이의 솔로 라이브 때는 이것저것 붙이고 화려하게 꾸미는 스타일은 아니었다고 한다.

그래서 그런지 오늘 스타일리스트 누나의 손이 내 얼굴에서 떨어질 생각을 안 했다.

뒤에서 지켜보던 태성 형이 시간을 확인하더니 다가왔다.

"이제 가야 합니다."

"어우, 미안해요. 이대로 나가면 돼요, 태성 씨."

누나의 손이 즉시 떨어졌다. 난 일어나 세트장으로 향했다.

"와."

세트장을 보며 작게 감탄사를 흘렸다.

윤찬이 때도 느꼈지만 요즘 우리 회사, 우리한테 되게 투자 잘해 주는 것 같다?

우리 이 실장님, 수환 형의 입김인지 아니면 김 실장님이 드디어 아이돌 업계에 투자가치가 있다고 인정한 건지는 모르겠지만 세트장에서 자본의 힘이 느껴졌다.

그도 그럴 게 세트장이 무려 두 개다.

하나는 흰 대리석이 넓게 깔린 신전 같은 곳, 무려 석상이 기둥마다 세워져 있고 분수대까지 마련해 놨다.

또 하나는 은은한 보랏빛 조명이 인상적인 곳이었다. 보라색 조명과 함께 연습실처럼 벽 한쪽을 통거울로 해 두었다. 댄서들과 내가 한 포커스 안에 담길 만큼 큰 세트장이었다.

"잘 부탁드립니다."

스태프들에게 인사하며 대리석이 깔린 첫 번째 세트장으로 들어가자 곧바로 스태프가 마이크를 달아 주고 이것저것 설명해 주었다. 간단한 리허설을 진행하고 곧바로 본격적인 촬영을 시작했다.

온통 새하얀 세트장의 조명이 꺼지고 수많은 댄서들이 들어와 자리 잡았다.

"시작할게요."

감독님이 허공에서 손가락을 돌리며 수신호를 보냈다.

소란스럽던 현장이 조용해졌다.

곧 조명이 다시 들어왔고, 나는 타이밍 맞춰 숙였던 고개를 들어 올려 카메라를 바라보았다.

감독님이 다시 수신호를 보냈고 MR이 재생되었다.

신디사이저 소리가 길게 음을 끌고 댄서들이 천천히 이동하며 모양새를 갖췄다.

그들과 함께 나도 걸음을 맞춰 앞으로 나아갔다.

길게 끌던 음이 조금씩 빨라져 경쾌한 전주로 이어졌다.

난 전주에 맞는 밝은 미소를 지었다. 마냥 밝고 순수한 미소는 아니고, 안무가 선생님 말로 '여우같이 샐쭉 웃는다.'라고 표현하는 미소였다. 타이밍에 맞춰 가까이 다가왔던 카메라가 멀어지자마자 댄스를 시작했다.

그리고 바로 첫 파트.

Yeah- How have you been?
아름다운 햇살 아래
나는 너의 손을 잡아끌어

오늘은 뭘 할래?

뭐든 네가 원하는 걸 하자 작게 속삭여

댄서들과 합을 맞추며 노래 부르는 동안 카메라가 가까이 다가왔다.

난 카메라에 시선을 맞추며 계획한 동선으로 이동했다.

1절 초반엔 빡센 안무를 넣기보단 카메라에 시선을 고정하며 밝은 분위기를 전달하는 것에 초점을 맞췄다.

댄서들이 날 둥글게 둘러싼 채 자세를 낮춰 시선을 모아주었고 춤 대신 카메라와 아이 컨택, 가볍게 리듬을 타며 노래를 불렀다.

뭐든 내게 말해 줘

Like Like lie lie lie-la

다른 건 신경 쓰지 마

넌 나의 사랑에 갇혀

이름만 불러

곡이 진행될수록 멜로디와 깔리는 악기의 소리, 가사까지 조금씩 분위기를 바꾸어 나갔다.

Siren Siren

많은 것을 경험할 거야

예쁜 너를 위해 사랑의 노래 부르리

For you falling down

춤도 조금씩 격렬해지기 시작했다.

노래의 난이도도 안무의 난이도도 1절에 비해 크게 상승해 숨을 고르기도 조금씩 힘들어지기 시작했지만, 그래서 오히려 강하게 몰입되었다.

오늘따라 몸 되게 잘 움직여지네.

아까부터 거슬리던 꽁지머리를 표현에 동원하는 실험적인 여유도 부려 보며 라이브했다.

"컷! 좋아요! 어유, 잘하네. 좀 쉬었다가 한번 더 갈게요."

첫 번째 세트장에서의 〈세이렌〉 무대는 무려 세 번을 반복하고서야 끝이 났다. 무대에 만족한 감독님의 오케이 사인과 함께 여기저기서 거칠어진 숨을 몰아쉬는 소리가 들렸다.

댄서들이 일제히 세트장에서 주저앉으며 숨을 골랐다.

1절에서 희희낙락했던 만큼 2절에는 온갖 힘들고 어렵고 격한 안무를 때려 넣었다. 거기다 댄서들은 나를 들어 올리거나 밑에 깔리거나 어떤 모양을 만드는 부분들도 있어서, 반복된 무대가 많이 괴로웠을 것이다.

"다들 고생하셨-."

"현우, 얼른 이리 내려와!"

난 쉴 틈도 없이 스타일리스트 누나에게 불려 가 열을 식히고 다시 헤어, 메이크업, 의상을 갈아입었다.

태성 형이 건네준 물만 벌컥거리며 정신없이 여기저기 돌아다니다 보니 메이크업을 수정하려 앉자마자 갑자기 피로감이 훅 몰려왔다.

반나절은 혹사당할 건데 컨디션이 좋아야 한다던 샵 실장님의 말이 머릿속에 맴돌았다.

이럴 줄 알았으면 잠이라도 제대로 자고 올걸.

의상을 갈아입으며 렌즈까지 바꿔 꼈더니 눈 상태도 영.

"와, 죽겠다."

멤버들, 심지어 그 체력 좋은 진성이까지 솔로 라이브 촬영 후 녹초가 돼서 돌아온 게 이래서였구나.

거울 속 내 얼굴에도 피로감이 잔뜩 묻어 나오는 것 같다.

그때 비하인드카메라가 훅 다가왔다.

난 카메라를 힐끔 보곤 혼잣말했다.

"역시 혼자는 힘드네요."

-지금 무슨 상황인가요?

카메라를 든 스태프의 질문에 나는 카메라에서 조금 떨어지며 대답했다.

"방금 〈세이렌〉 세 번 부르고 왔어요. 와, 〈퍼레이드〉 세 번 연속으로 부르는 느낌이었어요. 그래도 힘내 보겠습니다."

난 카메라에 대고 파이팅 자세로 주먹을 쥐어 보인 후 옷

매무새를 다듬었다.

이번 의상은 검은 의상. 첫 번째 의상과 비슷하게 치렁치렁 뭐가 많이 달려 있는데 살짝 찢어진 질감의 셔츠였다.

"현우 씨, 준비 다 되셨어요?"

"네!"

−파이팅 하세요.

난 카메라에 다시 주먹을 쥐어 파이팅 자세를 취하고 일어났다.

두 번째 세트장에서 찍어야 할 건 두 가지다.

〈세이렌〉 라이브 하나랑 라이브 중간, 그리고 마지막에 들어가는 댄스 브레이크.

어차피 수환 형이 오늘 콘서트 연습도 빼 줬는데 체력 아껴서 뭣하랴.

완전히 방전시키고 숙소로 돌아갈 생각이다.

Chapter 16.
콘서트 (4)

큰 시련 뒤에 행복이 온다고 하던가.

최근 고리들은 크로노스 떡밥을 맞이하여 휴식기가 무색할 만큼 활발한 활동을 이어 나가고 있었다.

우선 YMM엔터테인먼트는 크로노스의 첫 단독 콘서트를 기념하여 하루가 멀다 하고 너튜브에 각종 영상들을 업로드하는 중이다.

그 종류도 다양하다.

각종 방송, 축제, 뮤직비디오 등등의 비하인드 추가 영상과 휴가 때 멤버들이 직접 찍은 동영상, 그뿐만 아니라 따로 만든 예능 콘텐츠(연습실 탈출)도 나뉘어 업로드해 지루할 틈이 없도록 했다.

멤버들도 틈틈이 큐앱 라이브를 켜고 추가적으로 진짜인지는 모르지만 이든의 정체에 대한 이슈도 있었다.

행복감에 몸부림치는 수많은 고리 중 한 사람인 김고리.

몰아치는 콘텐츠 중 최근 김고리가 가장 열심히 파고드는건 단연 이든의 정체에 대한 것이었다.

물론 업로드된 다른 영상들도 과장을 보태 수백 번을 돌려봐 대사까지 외울 지경이 되긴 했지만 말이다.

-와 진짜 너무 기대된다 정체 언제 밝힐 생각일까…이미 다 들킨 마당에 현우야 그냥 복면 벗고 나와주면 안되겠니…이 할미는 〈내가소〉한 화한화가 아깝고 아쉽고 그렇단다..

-아니 근뎈ㅋㅋㅎㅇ가 아니라기엔 너무 ㅎㅇ임

-복면 밖으로 튀어나오는 특유의 어색함과 어설픔이 느껴진다곸ㅋㅋㅋ

-그럼 담화에도 이든 나오는 건가? 담화까지 보면 확실해질듯

-근데 ㅇㄷ이 ㅎㅇ라도 문제인거 아닌가 콘서트에 곧 솔로곡까지 나온다는데 복면활동까지 한다? 와엠 제발;;

이든이 서현우라는 것을 숨기려 애쓰는 모습이 귀엽다거나 이번 기회에 메인 보컬 실력을 확실히 보여 줬으면 좋겠다는 의견도 있었고, 일이 너무 많은 것 같은데 차라리 아니었으면 한다는 반응도 있었다.

하지만 이든이 서현우라는 확신만은 이견이 없었다.

이미 고리들을 시작으로 너튜브 등등에 이든은 서현우임을 증명하는 자료들이 우르르 쏟아져 나오고 있다.

그러니 고리에 대중까지 포함해서 속지 않는 사람만 있는 상황.

김고리도 그냥 이든을 서현우라고 생각하고 이든의 이름으로 나온 콘텐츠들을 깡그리 찾아보고 있는 중이었다.

"아, 장갑 꼬물거리는 거 너무 귀엽다."

"야, 너 그러다 이든이 서현우 아니면 어쩔래?"

언니 김향수의 물음에 김고리는 단호히 고개를 저으며 영상에 집중했다.

"아냐, 현우 맞아. 잘 들어 보면 말투도 똑같아. 언니는 알뤼르 멤버가 복면 쓰고 나온다고 못 알아보겠냐? 평소 애들 습관이 있는데."

김고리의 말에 김향수는 곧바로 납득했다.

"그건 그래. 숨만 쉬어도 구별 가능~."

그때 김고리의 휴대폰이 울렸다.

[Special Clip]현우(Hyun-woo)-Siren(4K)

"으아아악!!!"

"아! 깜짝이야! 또 왜! 미친."

"떴어!!! 세이렌 세이렌!"

쟤 글렀다.

"넌 엄마가 집에 계셨으면 뒈졌을 거야."

김향수는 김고리를 한심하게 쳐다보며 자신의 방으로 향했다.

"지는!"

김고리는 김향수에게 크게 소리치고 설레는 마음으로 너튜브 크로노스 채널에 들어갔다.

지난주에는 이진성, 사흘 전에는 강주한, 그리고 오늘은 서현우의 솔로곡 스페셜 클립이 떴다.

YMM이 요즘 정신이라도 차렸는지 박윤찬부터 이어지는 멤버들의 솔로곡과 영상 퀄리티가 상당했다.

박윤찬은 대자연 속의 트로피컬로 평소와는 완전히 다른 이미지를 보여 주었고, 이진성은 오히려 외견에서 풍기는 그대로의 이미지로 흡족시켜 주었다.

평소 외모와는 정반대로 귀엽고 애교 많은 성격을 가진 막내라서 시원스러운 미소와 학창 시절 첫사랑 같은 상큼함을 폴폴 풍기는 라이브 클립 속의 모습이 굉장히 낯설고 좋게 느껴졌었다.

강주한의 첫 솔로곡 또한 고리들을 매우 놀라게 만들었다.

평소 고리들에게 강주한의 이미지는 은근한 개그캐였다.

똑똑하고 카리스마까지 있는 크로노스의 믿음직한 맏형이

자 리더이면서도 가끔씩 보여 주는 엉뚱함과 독특함이 매력인 사람 아닌가.

그런 강주한의 솔로곡으로 예상할 수 있는 건 무척 부드러운 발라드 혹은 강주한의 취향을 반영해 귀엽고 통통 튀는 곡이었다.

음악적 재능은 뛰어나지만 크로노스 내에서 보컬과 댄스 실력만 봤을 땐 도드라지게 잘하는 멤버가 아니라서 더더욱 댄스곡을 들고나올 것이라곤 생각 못했다.

그런데 강주한의 솔로곡은 무척 강하고 섹시한 댄스곡이었다.

'생각해 보면 이번에 와엠이 머리 좀 잘 썼긴 해.'

멤버들 연습생 때 썰을 들어 보면 강주한이 서현우보다 월말 평가 등수가 항상 높았다고 한다.

이번 솔로곡 클립 영상으로 그 이유를 확실히 알 수 있었다.

평소 서현우, 이진성, 고유준 등 무대에 강한 멤버들에게 묻혀 잘 드러나지 않던 강주한의 실력을 솔로곡에서 제대로 보여 주었다.

거기다 비주얼.

누가 알았겠어? 강주한이 솔로 라이브에 입술 피어싱을 하고 나타날 거란 걸.

아무튼 콘서트를 앞두고 멤버들이 여러 가지 색다른 모습을 최고의 퀄리티로 보여 주고 있기 때문에 당연히 서현우의

〈세이렌〉 또한 굉장한 기대를 하고 있는 중이다.

'어떡해. 심장 떨려.'

이번엔 어떤 콘셉트일까?

김고리가 설렘에 턱 막혀 오는 숨을 애써 쉬어 내며 방금 업로드된 영상을 클릭했다.

김고리의 최애 서현우.

복면 쓴 모습도 아니고, 가만히 일어서서 노래 부르는 것도 아니고.

서현우 그 자체의 모습으로 노래하고 춤추는 걸 보는 게 얼마 만인지.

영상의 시작은 역시나 검은 화면에 흰 글씨의 세이렌이었다.

〈Siren〉

잠시 후 흰 글씨가 사라지고 나타나는 보랏빛 침실.

아무도 없는 침실에 쎄한 BGM과 함께 보랏빛 조명이 가득했다.

'이게 뭐지?'

세이렌이라고 하면 연상되는 콘셉트는 황금빛 몽롱한 바

다가 아니던가.

그런데 정작 보이는 건 살짝 조명이 맛이 간 침실이라니?

김고리가 이 곡의 콘셉트를 이해하려 노력할 때 침실을 비추는 조명이 깜빡거리다 갑자기 환각제라도 들이켠 듯 화면이 어지러워지기 시작했다.

들려오던 BGM도 점차 어그러졌다.

듣기 싫은 소리에 김고리가 저도 모르게 인상을 찌푸리는 순간 갑자기 뚝— 불이 꺼지는 효과와 함께 다시 화면이 검어졌다.

그리고 잠시 후 밝아진 화면에 새하얀 금빛 신전과 서현우, 댄서들이 모습을 드러냈다.

그제야 김고리의 찌푸려졌던 미간이 환하게 펴졌다.

그러다 김고리는 무언가를 발견하고 벌떡 일어섰다.

"머, 머리! 머리! 긴, 묶은!"

흥분해서 말은 잘 나오지 않았지만 어쨌든 서현우가 긴 꽁지머리를 늘어뜨린 채 측면을 바라보고 있었다.

거기다 하늘하늘한 아이보리색 의상과 얼굴의 보석.

역시 크로노스의 스타일리스트는 김고리와 취향이 비슷하다.

우당탕! 의자가 뒤로 넘어갔다.

그러자 방에 있던 김향수가 문을 벌컥 열고 나와 소리쳤다.

"시끄러워! 니 혼자 사냐? 나 과제 하고 있다고!"

그 소리에 더 흥분한 김고리가 육성으로 내뱉었다.

"서현우는 세이렌이야!"

서현우가 몽환적인 곡을 소화할 때 보여 주는 특유의 신비스러움이 있다.

그게 〈세이렌〉 콘셉트와 딱 맞아떨어져 너무나 잘 어울렸다.

김고리의 눈엔 그냥 서현우가 세이렌 그 자체 같았다.

눈을 내리깐 채 측면을 향해 있던 고개가 정면을 향했다.

마침내 서현우가 카메라와 시선을 맞추자 전주가 시작되었다. 그와 동시에 서현우가 분위기를 바꿔 화사하게 미소 지었다.

그리고 밝은 분위기의 댄스가 이어졌다.

Yeah- How have you been?

아름다운 햇살 아래

나는 너의 손을 잡아끌어

아까 전 보랏빛으로 있는 대로 겁을 줬던 건 어디로 사라졌는지 라이브는 밝고 즐겁고 화사하기만 했다.

중간중간 들리는 오카리나 소리가 들렸다. 서현우는 댄서들의 몸과 팔 사이를 돌아다니며 노래를 불렀다.

오늘은 뭘 할래?

뭐든 네가 원하는 걸 하자 작게 속삭여

비록 서현우 특유의 강렬한 댄스는 없었지만 좋은 퀄리티의 곡과 서현우의 기량이 모자람을 잘 커버해 주었다.

그저 좋아하며 흐뭇하게 무대를 보고 있을 때 갑자기 화면이 전환되었다.

캠코더로 찍은 듯한 화면에 서현우가 누군가를 보며 웃고 있었다. 그러곤 카메라 밖 누군가와 손을 잡은 채 어디론가 향했다.

딱 봐도 데이트하는 장면인데?

김고리의 표정이 요상하게 변했다.

'이걸 무슨 기분으로 봐야 하지?'

물론 크로노스와의 유사 연애가 취향인 건 아니었다. 김고리는 그들의 무대와 인간성과 자기들끼리 좋아 죽는 모습을 좋아해서 고리가 되었다.

하지만 그게 내 가수가 남과 데이트하는 장면을 보고 싶다는 뜻은 아니었다.

아, 연출 진짜 별…….

'나중에 무조건 라이브 영상만 따로 공개해 줬으면.' 하고 바랐다.

물론 저런 부드러운 미소 짓는 모습, 쉽게 볼 수 없으니 서현우 자체만 보면 엄청 좋긴 한.

"픕!"

라이브 영상과 추가 촬영분이 번갈아 가면서 나오는 동안

아주 순간적으로 김고리의 눈에 들어온 엑스트라가 있었다.

거대한 존재감으로 시선을 잡아끄는 누군가.

공원을 거닐며 스윗하게 데이트중인 서현우 뒤로.

아재처럼 나무에 등을 부딪치는 사람.

그는 해맑게 웃으며 노골적으로 카메라와 시선을 맞춘 채 손을 흔들고 있었다.

"뭐야 뭐야!"

아주 빨리 지나갔지만 김고리는 방금 그와 눈이 마주쳤다.

"준이 아냐?"

하고 말하는 순간 또 한번 고유준의 모습이 찍혔다.

이번엔 카페, 서현우의 뒤에서 손 하트를 한 채 이곳을 보며 과장해서 미소 짓는 고유준이었다.

'우리 유준이 역시 세젤유(세계 제일 유잼남-고유준 별명)야!'

그로 인해 잠시 집중력이 흐트러진 김고리가 깔깔 웃으며 고유준을 다시 보려 재생 바에 커서를 가져다 댔을 때였다.

지지직-.

"아."

김고리가 황급히 마우스에서 손을 뗐다.

신전에서 라이브 중이던 화면이 갑자기 어지럽게 흔들리더니 무대가 바뀌었다.

처음 보여 주었던 보랏빛 침실이었다.

그곳에서 검은 두건으로 입을 가린 댄서들 사이 서현우 혼자 빛을 받고 서 있었다.

곡의 분위기도 바뀌었다. 해맑게 웃던 표정도 사라져 〈달
바다〉와 같은 몽환적이고 신비로운 분위기를 자아냈다.

"와."

흐트러졌던 집중력이 한번에 돌아왔다.

역시 서현우는 이런 콘셉트를 제일 잘하는 멤버였다.

다음 권으로 이어집니다

꿈의 도약, 로크에서 하십시오
(주)로크미디어에서 신인 작가를 모십니다

즐거운 세상, 로크미디어는 꿈을 사랑하고 도전을 두려워하지 않는 작가 분들의 참신한 작품을 기다리고 있습니다. 21세기 장르 문학계를 이끌어 갈 차세대 선두 주자 (주)로크미디어에서 여러분의 나래를 활짝 펴 보시길 바랍니다.

모집 분야 판타지와 무협을 포함한 장르 문학
모집 대상 아마추어 작가, 인터넷 작가
모집 기한 수시 모집
   작품 접수 시 유의 사항
     1. 파일명은 작가명_작품명.hwp형식을 갖춰 주십시오.
     1. 파일에 들어갈 내용은 다음과 같습니다.
       — 성명(필명인 경우 실명을 밝혀 주세요), 연락처, 이메일 주소
       — 제목, 기획 의도
       — A4용지 1장 분량의 등장인물 소개
       — A4용지 2장 분량의 전체 줄거리
       — 본문
     1. 작품이 인터넷에 연재되고 있다면, 게시판명과 사이트의 구체적이고 정확한 주소를 기재해 주십시오.

선택된 작품은 정식 계약 후 출판물로 간행되어 전국 서점에 유통됩니다.
작가 분은 (주)로크미디어의 전폭적인 지원하에 전속 작가로 활동하시게 됩니다.
※ 자세한 내용은 로크미디어 홈페이지(rokmedia.com)를 참조하세요.

(03920)서울시 마포구 성암로 330 DMC첨단산업센터 3층 318호
(주)로크미디어 편집부 신간 기획 담당자 앞
전화 : 02) 3273 - 5135
www.rokmedia.com   이메일 : rokmedia@empas.com

The Final

더 파이널

유성 퓨전 판타지 장편소설

「아크」「로열 페이트」「아크 더 레전드」
작가 유성의 새로운 도전!

회귀의 굴레에 갇혀 이계로의 전이와 죽음을 반복하는 태영
계속되는 죽음에도 삶에 대한 의지를 불태우던 어느 날

갑자기 시작된 침식으로 이계와 현대가 합쳐진다!

두 세계가 합쳐진 순간,
저주 같던 회귀는 미래의 지식이 되고
쌓인 경험은 태영의 힘이 되는데……

이계의 기연을 모조리 흡수해
누구도 넘볼 수 없는 전사로 우뚝 서다!

윤진한
변호사

이해날 현대 판타지 장편소설

『어게인 마이 라이프』의 작가 이해날,
당신의 즐거움을 보장할
초특급 신작으로 돌아왔다!

아버지의 복수를 위해
악랄한 변호사가 되었으나 대기업에 처리당한 윤진한
로펌 입사 전으로 회귀하다!

죽음 끝에서 천재적인 두뇌를 얻은 그는
대기업의 후계자 경쟁을 이용해
원수들의 흔적마저 지우기로 결심하는데……

악마 같은 변호사가 그려 내는
두 번의 인생에 걸친 원수 파멸극!